大展好書　好書大展
品嘗好書　冠群可期

大展好書　好書大展
品嘗好書　冠群可期

精選系列 27

東海戰爭〈II〉

《原名：東海海戰》

新・中國日本戰爭〈十二〉

森　詠／著
林庭語／譯

大震出版社有限公司
DAH-JAAN PUBLISHING CO., LTD.

目錄

●主要登場人物●

日本

〈北鄉家〉

北鄉正生　父　外務省顧問　退休　財團法人國際開發中心理事

美智子　母

譽　外務省北京日本大使館一等書記官（N機構情報部員）

涉　海幕幕僚　少校

勝　自由通譯　曾到上海大學留學

弓　希望成爲畫家　在北京大學文學部學習比較文學科留學

〈政治家・官僚〉

濱崎茂　首相

北山誠　內閣官防長官

青木哲也　外相

葛井護　法相

栗林勇　防衛廳長官

向井原一進　內閣安全保障室長　前統幕議長　（N機構局長）

〈自衛隊〉

新城克昌　　統幕作戰部長
河原端大志　總合幕僚會議議長　陸將
國松一信　　護衛艦「春雨」艦長　海軍中校

中國

〈劉家（客家）〉

劉達峰　祖父　八路軍上校
劉大江　父　人民解放軍海軍少將　海軍參謀長
玉生　妻
小新　長男　人民解放軍陸軍中校
曉文　長女　事務員
汝雄　次男
劉重遠　劉小新的叔父　香港實業家
進　在北京大學留學

〈中國共產黨・政府〉

江澤民　國家主席　總書記　中央軍事委員會主席

喬石　全人代委員長

〈總參謀部作戰本部（民族統一救國將校團）〉

秦　平　陸軍上將　總參謀部作戰部長　新黨政治局員　軍事委員會秘書長

楊世明　陸軍上校　總參謀部作戰室長

賀　堅　陸軍上校

汪　石　陸軍上校

周志忠　陸軍上校

何　炎　空軍上校

丁善文　陸軍上校　成都軍區司令員

〈香港駐留人民解放軍〉

趙文貴　陸軍上校　參謀長

〈廣東軍〉

（第四十二集團軍）

徐有欽　陸軍中將

主要登場人物

白治國　陸軍少將

王　捷　陸軍准將

崔　南　陸軍准將

（第四十一集團軍）

阮德有　陸軍中尉

任維鎮　陸軍少尉

〈中國人民解放軍〉

趙忠誠　中國人民解放民主革命戰線指揮官

尹洛林　前人民解放軍總政治少將

〈蘭州軍管區・第二十一集團軍〉

韋　乾　陸軍上尉　新疆維吾爾自治區派遣軍獨立第33旅團　第8巡邏隊

尹維仁　陸軍中士　新疆維吾爾自治區派遣軍獨立第33旅團　第8巡邏隊

〈中國海軍〉

關士能　海軍少將　中國海軍北海艦隊司令員

喬子雲　海軍上校　中國海軍北海艦隊參謀長

孫秀璋　海軍上校　中國海軍北海艦隊「北京」艦長

〈滿洲獨立同盟〉

許瑞林　瀋陽軍管區最高軍事顧問　退役上將　滿洲獨立聯盟領袖

林朝文　瀋陽軍司令員　上將

臺灣

李登輝　總統　國民黨

呂　玄　行政院院長

薛德餘　外交部長

謝　毅　國防部長　軍政

朱孝武　參謀總長　軍令

錢建華　負責保障問題的輔佐官

〈劉家（客家）〉

劉仲明　中華民國軍准將　劉小新的叔父

美國

哈瓦德・辛普森　總統　共和黨

約翰・吉布森　國務卿　新門羅主義者
德納爾德・漢斯　國防部長
巴納德・格里菲斯　負責安全保障問題的總統特別輔佐官　對日穩健派
邁亞・耶爾茲巴克　負責安全保障問題的總統特別輔佐官　對日強硬派

〈美國海軍〉

詹姆斯・馬歇爾　第七艦隊司令官　海軍中將
約翰・科斯納　第七艦隊旗艦「藍山脊號」艦長　海軍上校
馬特・斯特爾　第七艦隊「芝加哥」艦長　海軍中校

俄羅斯聯邦
黑龍江省
哈爾濱
蒙古
長春
吉林省
內蒙古自治區
瀋陽
遼寧省
朝鮮民主主義人民共和國
呼和浩特
北京
天津
河北省
銀川
太原
大韓民國
寧夏回族自治區
石家莊
濟南
山西省
山東省
日本
西安
鄭州
江蘇省
陝西省
河南省
合肥
南京
上海
湖北省
安徽省
杭州
武漢
南昌
浙江省
長沙
貴陽
湖南省
福州
貴州省
江西省
福建省
台北
台灣
廣西壯族自治區
廣東省
廣州
南寧
香港
海口
海南省
菲律賓

中國及其周邊要圖
哈薩克共和國
吉爾吉斯
烏魯木齊
新疆維吾爾自治區
塔吉克
青海省
西寧
蘭州
甘肅省
西藏自治區
尼泊爾
拉薩
不丹
成都
四川省
孟加拉
印度
昆明
雲南省
緬甸
越南
泰國
柬埔寨

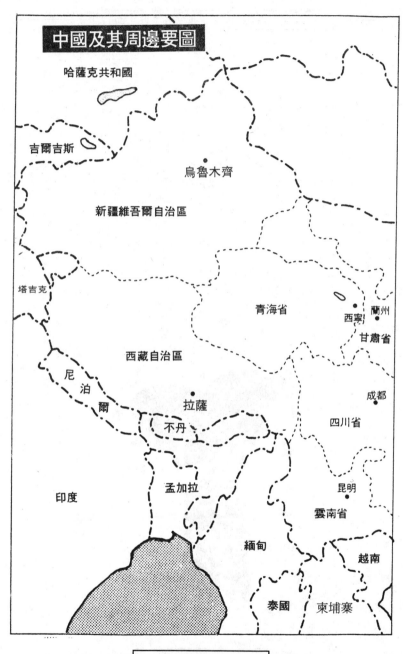

第一章　潛艇隊的殊死戰

1

東海　9月13日　〇八〇〇時

颱風威力漸漸的減弱了，但是，有時候還是會掀起萬丈波濤。水平線因煙雨迷濛而看不清楚。從南面吹來的風已經轉爲吹向西邊去。

中國海軍北海艦隊第二航空母艦戰鬥群總共二十二艘的戰鬥艦，採取鋸齒狀的航路，慢慢沿著大陸沿岸一〇〇至一五〇公里的海邊南下。

在一五〇公里的海邊，沿岸部各地的空軍基地可以直接進行航空支援。如果進入一〇〇公里圈內，則在沿岸配備的地對艦飛彈射程內，海岸灣內和沿岸島嶼所分佈的高速飛彈艇戰隊可以奉命出擊，進行反艦飛彈攻擊。

戰鬥情報管制室的管制官的聲音，透過內部通信系統傳來：

『參謀長，接到海鷗的緊急電報。發現敵方日本艦隊！』

司令員關士能海軍少將放下了望遠鏡。艦隊參謀長喬子雲海軍上校也靠近內部通信系統。海鷗是中國空軍的AWACS機的暗號。

「日本艦隊的位置在哪裡？」

『北緯二七度五十分，東經一二四度三十分。』

「和日本艦隊的距離呢？」

孫艦長問道。

『距離三二〇公里。』

還沒有進入反艦飛彈的射程內。

喬參謀長詢問。

「艦隊的規模呢？」

『輕型航空母艦二艘，護衛艦十一艘，呈圓形陣型排列，朝著西北西進行。』

「什麼？航空母艦戰鬥群？沒聽說過日本海軍有航空母艦呀！」

關司令員表情嚴肅，喬參謀長也覺得很奇怪。

「根據情報部的報告，日本海軍的確沒有航空母艦。這真的是日本艦隊嗎？難道不是美國的航母艦隊嗎？」

『的確是日本的艦隊，無線電通信也是用日語來交談，而根據衛星照片的解析，證明是日本的護衛艦。』

「好，送來日本航空母艦的衛星照片。」

『正在轉送中。』

關司令員和喬參謀長看著擺在通信兵前面的電腦螢幕。畫面上可以隱約的看見兩艘艦影，的確好像航空母艦一般，具有飛行甲板的艦影。

「放大。」

『放大。』

兩艘艦影被放大了。艦橋就在飛行甲板的左舷側。

「這不是航空母艦，應該是渥美型戰車登陸艦。」

『是的，但是，請看甲板。日本海軍似乎把它當成鷂式戰鬥機的航空母艦來應用，出現幾架鷂式戰鬥機的機影。』

的確，在甲板上可以看到數架鷂式戰鬥機。在鷂式戰鬥機旁還可以看到反潛直升機的機影。

渥美型登陸艦是一萬六千噸級的船塢型登陸艦。可以當成搭載短距離垂直起降機鷂式戰鬥機或反潛直升機的航空母艦來應用，補強甲板，更可以安裝升降機。

「日本艦隊是不是和第七艦隊一起展開行動呢？」

艦長孫秀璋海軍上校，大聲的詢問戰鬥情報管制室。

『日本艦隊好像避開颱風，和第七艦隊個別採取行動。』

聽到戰鬥情報管制室的回答。航海長海軍少校說道：

「如果日本艦隊保持現在的航向西進，會跑到我們的艦隊前面。」

孫艦長和關司令員等趕緊來到航海長的桌前。桌上攤開著一張海圖，上面標示著敵我艦隊的位置。日本艦隊的航路延長線也在海圖上描繪出來。的確，中國艦隊和日本艦隊的航路會在某個地點交叉。

關司令員看著海圖，詢問喬參謀長。

「參謀長，只有日本艦隊單獨行動，這的確是很好的機會。向來總是依賴第七艦隊的日本艦隊，如果第七艦隊不存在，則其單獨行動根本就不足爲懼。第七艦隊就由潛艇隊負責處理，而由我們擊潰日本艦隊，參謀長，你覺得如何？」

喬參謀長點點頭，說道：

「司令員，如果能夠擊潰日本艦隊予以殲滅，就能夠削弱第七艦隊的防衛能力。我方擊潰日本艦隊，第七艦隊一定會立刻趕往支援日本艦隊。如此一來，就能夠輕易的將第七艦隊誘入扣殺區。先從空中派出攻擊隊攻擊吧！」

「好，既然要和第七艦隊決戰，那麼就先擊潰日本艦隊吧！」

關司令員很滿意的點點頭。喬參謀長指示參謀幕僚們立刻對於「鳳凰作戰」進行部分的修正。

戰鬥情報管制室傳來了雷達要員的聲音：

『第二波攻擊隊通過上空。』

是從海岸部各空軍的基地起飛的第二波夾擊5攻擊機隊、護衛的殲擊7戰鬥機隊。第一波的攻擊隊已經飛向第七艦隊。

喬參謀長大聲說道：

「通信兵，要求海軍航空司令部與空軍司令部讓我們攻擊日本艦隊。」

通信兵複誦，另外的通信兵叫道：

「接到來自大連飛行司令的通信，希望允許他們派出航空攻擊隊。」

關司令員看著艦長。

「艦長，可以讓『北京』艦載機出發嗎？」

「等風再小一些就可以出發了。現在的狀況比較危險。」

航空母艦「北京」在惡劣的天候中，利用第一戰速十八節（時速約三三公里）航行。如果沒有暴風雨，在上風處掉轉船頭，以最大戰速第五戰速的三十節（時速約五四公里）航行，則艦載機較容易起飛。

在暴風雨中，波濤洶湧，一旦船頭加快速度，則船會搖晃得更加厲害。雖然左右貨艙的自動穩定裝置能夠發揮作用，但是，航空母艦「北京」的甲板仍然不穩定的搖晃著，所以，艦載機要起飛是屬於比較危險的情況。

「報告氣象狀況！」

艦長命令。

「南南西風。風力……。」

負責氣象的士兵讀出風力計和風速計的數字。與先前相比，風力稍微減弱，但是颱風的風力依然持續。

「艦長，也許蘇凱戰鬥機不能起飛，但是，如果是亞克布雷夫應該就可以起飛了。」

航空參謀少校看著搖晃的甲板，說道：

「是嗎？那麼，就從這裡採取先發制人的攻擊較好。」

喬參謀長詢問在飛行甲板的飛行司令：

「飛行司令，可以讓攻擊機起飛嗎？」

『如果是亞克布雷夫戰鬥機就可以出發了。』

飛行司令回答。

喬參謀長看著關司令員。

「司令員，讓亞克布雷夫出發吧！」

「好，艦長，就派出亞克布雷夫攻擊隊。準備起飛。」

艦橋中開始展開慌亂的行動。關司令員叫道：

「通信兵，將命令傳達給『大連』，亞克布雷夫準備起飛。」

通信兵複誦。艦長命令操舵員。

「船頭朝著上風處。更改航路一六〇。第二戰速。」

操舵員複誦，轉動舵輪。速度不斷的加快，船頭轉向左。

「戰鬥機隊，準備起飛。」

蜂鳴器響起。關司令員對大連的飛行司令發出許可起飛的指示。

關司令員看著並行航行的航空母艦「大連」。「大連」乘風破浪，向前猛衝。

「大連」也同樣的開始回頭。通信兵叫道：

「『大連』也完成了攻擊隊起飛準備。」

關司令員點頭說道：

「好，飛行司令，隨時都可以起飛。」

『了解。』

雨幾乎已經停了，風也大致停了。船頭朝向上風處，以第二戰速航行。飛行甲板慢慢的上下左右不再搖晃了。風向標筆直的朝船頭行進的方向。

甲板上排著兩架亞克布雷夫Ｙａｋ－一四一。飛行員進入座艙內，而檢修人員立刻檢查機身周圍。領航員送出發動引擎的訊號。

引擎發動了，特有的金屬聲音響起。飛行員關上座艙罩，向領航員敬禮。飛行司令送出起飛的指示。

『起飛！』

「好，祝你們好運。」

司令員嚴肅的說著。引擎的聲音更爲高亢。

飛行甲板上的亞克布雷夫Ｙａｋ－一四一中的一架，已經開始飛向天空，而另一架也跟隨其後飛向空中。

兩架亞克布雷夫發出轟隆的引擎聲，朝天空飛翔而去。

這時候，艦尾甲板每一架亞克布雷夫都靜靜的移動，進入起飛位置的範圍內。

「司令員，『大連』上的戰鬥機也出發了。」

關司令員用望遠鏡看著「大連」。「大連」的飛行甲板上，垂直起降飛機亞克布雷夫Ｙａｋ－一四一戰鬥機也起飛了。

2

東海戰鬥海域　〇八〇〇時

海軍自衛隊第一潛水隊群第六潛水隊的潛艇SS五八八「冬潮」，靜靜的潛航在東海戰鬥海域的深處。「冬潮」是「春潮」型柴油電子淚滴型潛艇六號艦。是已經超越攻擊型潛艇的SSK反潛潛艇。

艦長野村海軍中校在操縱室對於操舵員們下達各種指示，同時等待來自聲納員的報告。聲納員戴著耳機，玩弄著搖桿，側耳傾聽水中的聲響。

到底敵人的潛艇躲藏在何處呢？在這三十公里的範圍內，並沒有同志美國海軍或台灣海軍的潛艇。事前已經警告過周邊各國，不要進入這個戰鬥海域，會在此處的，只有敵人中國海軍的潛艇。

深度一百公尺。

真是太緩慢了。

在數分鐘前，敵人艦隊的聲納音一度輕敲艦的外殼並隨即消失，因此，才知道敵人的潛艇就在此處。敵人的潛艇可能還不知道我們待在這裡。通常潛艇不會使用活動聲納，因爲害怕敵人潛艇知道自己的位置。

「捕捉到引擎音。指定爲接觸號六二號，航軌一〇四六。」

聲納員小聲的說著。由於命令艦內保持肅靜，因此，待在各處的船員們都盡量不發出聲響，屏氣凝神的等待著。野村艦長靜靜的點點頭。既然敵人的潛艇會展開行動，就表示還沒有察覺到我方潛艇的存在。

「接觸六二的方位與距離多少？」

「方位〇五〇。距離十海里。」

「深度呢？」

「深度一百公尺，航軌一〇四六，以十節的速度朝方位二七〇前進。」

深度大致與我方相同，就好像橫陳在眼前航行似的。

「可以分辨出艦種嗎？」

「正在檢查螺旋槳音的音紋。」

「用擴音器放出聲音來。」

聲納員按著監控器的開關，從擴音器中傳出了撥水前進的螺旋槳音。摻雜著排氣管的排氣音和旋轉軸吵雜的聲音。野村艦長看著江藤副長。

「是R級嗎？」

「可能是。」

副長江藤海軍上尉看著野村中校。聲納員回頭對艦長說道：

「檢查結果出爐了。登記爲六二號的船艦是前蘇聯製R級攻擊型潛艇。與中國東海艦隊的三三號艦同型。根據中心的記錄，是在十年前就已經退休的老朽艦。」

「老兵不死嗎？」

野村艦長搖搖頭。雖然是老朽艦，也不能夠等閒視之。即使到達艦齡，但是潛艇畢竟是潛艇。雖然是舊式艦，但也不能夠掉以輕心。江藤副長訝異的說道：

「難道中國已經到了窮途末路的地步，必須要讓老朽艦重新編成嗎？」

「雖說是老朽艦，但是，不知道有沒有進行FRAM（現代化修改），所以不能夠掉以輕心。」

野村艦長對副長說著。如果修改魚雷發射管，那麼就可以發射制導魚雷。江藤副長環視操縱室的要員，船員們全都屏氣凝神等待命令。

野村艦長終於下定決心了。

「好，準備戰鬥！」

「準備戰鬥！」「準備戰鬥！」

複誦聲響起。艦內立刻瀰漫著一股緊張的氣氛。野村艦長持續下達命令：

「維持原先的深度，航向三五五，五節。」

「維持原先的深度，航向三五五，五節。」

操舵員複誦著，操縱桿稍微向左移動。CRT的畫面上用CG畫出了海底模型圖和航路。考慮切入角，追趕船艦。

如果突然加快速度，則不知躲藏在何處的敵艦可能會知道我方的位置，所以一定要先利用無音航行的方式追蹤，然後慢慢加速追趕，趁機進行攻擊。

「艦長，對方這麼吵，是不是圈套呢？」

「可能是吧！如果只顧著追趕眼前的獵物而掉入敵人的圈套中，那就毫無意義了，因此要小心謹慎。」

「也許敵人就躲藏在某處。」

江藤副長嘴巴抿成ㄟ字形。

「隨時準備出擊。」

野村艦長下達命令。

「第一、二號魚雷準備發射！」「第一、二號魚雷準備發射！」

魚雷長複誦。接著艦長又命令：

「第三、四號魚雷準備發射！」「第三、四號魚雷準備發射。」

現在魚雷發射管室一定相當的吵雜，因為一支九七改良式魚雷的重量大約一五〇〇公斤以上，必須立刻進行裝填四支魚雷的作業。

不久之後，魚雷發射管室回答：

「第一、二號魚雷完成發射管發射準備。」

魚雷發射管制儀表板上陸續亮起了魚雷發射管已經裝填魚雷的藍燈，接著第三、四號發射管的管制儀表板上也亮起了藍燈。

「第三、四號魚雷完成發射管準備！」

魚雷長說道。

接著，只要將目標位置或方位等最後發射管制解析值輸入魚雷的內藏電腦中發射就可以了。

「目標六二的方位〇四五，深度不變。依然維持航軌一〇四六，以十節的速度朝二七〇前進。距離十哩。」

是在裝填的九七改良式魚雷的射程內。

「發動魚雷攻擊。」

野村艦長告知。

「第一、二號，目標六二。確認最後位置。」

「航軌一〇四六，確認目標最後位置。方位訂為〇四五。」

野村艦長命令。

「一號魚雷發射！」「一號魚雷發射！」

副長複誦著，按下魚雷發射按鈕。感覺到魚雷從船頭的魚雷發射管游出。紅燈變成藍燈。

「二號魚雷發射！」「二號魚雷發射！」

艦長繼續下達命令。副長一邊複誦，同時以機械化的動作按下發射按鈕。陸續聽到微微的氣泡音，感覺兩支魚雷靜靜的從發射管游出。

和以前不同的是，現在採用的是不會被敵人聽到發射音、能夠自行游出的游出型魚雷。電腦的螢幕上也描繪出兩支魚雷形成航軌朝目標挺進的路線。魚雷慢慢的加快速度，以時速五十節的高速在海中猛衝。

野村艦長想像著拉出長長的引導線，以時速六十節的高速向前猛衝的九七改良式魚雷。

誘導線延伸十五、十六公里。其間魚雷不會受到敵人的阻礙，會藉著潛艇的管制，慢慢的被引導到接近目標附近。這時候引導線分開，魚雷使用搜敵活動聲納，靠自己的力量衝向目標。

「到達目標時間爲何？」

「十分鐘。」

魚雷長告知。

野村艦長命令操舵員。

「維持原先的深度，六節。」「維持原先的深度，六節。」

速度加快。六節是無音航行的界限。如果再加速，則即使是電動機，旋轉音也會外洩，螺旋槳音會增大。

「艦長！」聲納班長大塚海軍准尉看著螢幕說道：「還有一艘潛艇的回音！」

「還有嗎？」

野村艦長緊張的詢問。

從之前開始，聲納就捕捉到一些回音。一一解析回音，去除魚群、鰹魚、海豚群，以及潮流或水溫不同的海水所形成的逆轉層所造成的重像等，剩下的就是潛艇的回音。

艦長看著操縱室的聲納螢幕。編號爲五七、六一的小點閃爍著。

「接觸編號六一的解析結果出來了，的確是潛艇。」

大塚海軍准尉的聲音響起。江藤副長用手指著操縱室的聲納螢幕。艦長看著：

「方位和距離呢？」

「六一的深度二百，方位〇六〇，距離十五海里。」

在船的右斜後方躲藏著敵艦。

「艦種呢？」

「R級。」

野村艦長稍微安心了。並非千噸級。

突然聽「吭」的聲納音擦過艦壁。野村艦長趕緊看著聲納的螢幕。聲納員抓著轉盤告知：

「探測到活動聲納！來自方位〇六〇。可能是編號六一的聲納。六一已經開始行動。指定航軌爲一〇四九。航向改爲一八〇。」

「是千噸級嗎？」

「不，也是R級。」

不能夠掉以輕心。但若是R級，就表示我方佔優勢。

副長屏氣凝神。

「有沒有發現我們呢？」

野村艦長皺著眉。

「嗯！已經發射魚雷。對方可能已經發現我們了。」

「艦長，接觸編號五七已經開始行動。也是潛艇。」

聲納員大叫著。江藤副長舔舔舌頭。

「五七的艦種呢？」

「也是R型潛艇。」

換言之，在這裡躲藏著五七、六一、六二敵人的三艘R級潛艇。副長擦拭額頭上的汗水。

「這是怎麼一回事呀？在這海域怎麼會有敵人的潛艇徘徊呢？這簡直是撲進了鯊魚穴中。」

「即使是R級也不能夠掉以輕心。不知道敵人要採取甚麼樣的策略。」

野村艦長詢問聲納員。

「五七的位置和深度呢？」

「五七的方位三四〇，距離二十海里。開始移動。航軌指定爲一〇五〇。」

野村艦長看著聲納的畫面，命令道：

「第五、六號發射管中也裝填魚雷。」

「第五、六號發射管中也裝填魚雷。」

魚雷長複誦。

「第三、四號以六一爲目標，第五、六號以五七爲目標。」

「第三、四號以六一爲目標，第五、六號以五七爲目標。」

魚雷長複誦。

九七改良式制導魚雷以最大速度六十節前進，最大行駛距離六十公里，最大深度八百公尺以內的目標都可以擊破，爲最新型的國產先進性能魚雷。能夠維持九七式制導魚雷的基本性能，同時更加以提升進化爲反潛攻擊武器。

在還沒有到達目標附近之前，透過引導線進行有線制導。與線分開之後，藉著魚雷頭部所配備的內藏活動聲納，可以搜索探查目標，衝向目標，將其引爆。

「魚雷和靶艦六二距離四海里。」

魚雷長報告。

只剩下半個小時，魚雷就快到達目標了。接著的獵物是哪一個呢？

「接觸編號六一的位置和方位呢？」

「六一的方位〇六〇，座標四二一。深度二百，距離十四海里。」

「五七的現在位置呢?」

「目標爲五七，方位三四〇，距離二十一海里。距離比較遠。」

聽到聲納室的報告。

「好，攻擊六一。」

野村艦長告訴副長。

「潛航，降舵二十度。十四節。深度爲一五〇。」

操舵員複誦。

「右舵三十度，航向〇六〇。」「右舵三十度，航向〇六〇。」

副長複誦著。船艦大幅朝右傾斜，持續潛航。CRT的CG航路緩緩的向右，船艦大幅度旋轉。

「深度一五〇。」

操舵員告知。

「恢復水平。」「恢復水平。」

重新調整地面的傾斜，船身恢復水平。

「一號和二號魚雷分開引導線。」

魚雷長說道。

『第一、二號魚雷進入搜敵方式。距離五千。』

聲納員說道。

艦長抬頭看著天空。

「第三、四號魚雷，確認目標最後方位。」

「第三、四號魚雷，確認最後方位。方位訂爲〇六〇。」

魚雷長回答。

「三號、四號發射！」「三號、四號發射！」

副長按下發射按鈕。從船頭的發射管聽到空氣外洩的聲音。同樣是輕微的聲響。兩支魚雷的螺旋槳音漸去漸遠。

聲納室告知。

「六一和六二、五七，利用海中電話以中文交談。」

「真大膽。用擴音器放出來。」

野村艦長豎耳傾聽。

可以聽到用中國話交談的內容，好像很生氣似的在討論一些事情。

「松島上尉，他們在說甚麼？」

野村艦長詢問負責情報的松島海軍上尉。松島上尉聽得懂中國話。

「……警告附近有敵艦。似乎探測到魚雷接近。」

野村艦長點點頭。

「魚雷達到時刻。」

「維持原先深度，放慢速度。」「維持原先深度，放慢速度。」

副長複誦著。船艦慢慢的放慢速度。在海中船艦的一切聲音都消失了，開始浮游。突然，爆炸聲的衝擊波傳到船艦。接著又是第二次的爆炸聲。

野村艦長對於副長豎起拇指。

『一號魚雷和二號魚雷命中。』

聲納員告知。

儀表板上編號六二的標識消失了。

「艦長，還有一個接觸不知道躲在哪裡。」

聲納員用手按著耳機說道。

「登記爲接觸編號六三。」

「六三的位置呢？」

艦長摸摸下巴。

「方位二七〇，深度三百。距離八千。」

才剛掉頭，在右手邊九點鐘下方。艦長和副長互相對望。

「好接近呀！是不是魚群或鯨魚呢？」

「還沒有解析出來。」

聲納員繼續努力著。艦長看著聲納螢幕。

「艦長，六三開始移動了。好像要開始上浮。」

「螺旋槳音呢？」

「因爲低速，所以捕捉不到。」

「是千噸級。」

副長小聲說著。千噸級能夠以八節以下的速度進行無音航行。

「位置呢？」

「深度二八〇。航軌指定爲一〇四七。可能是千噸級潛艇。深度二七〇，還在往上浮……」

如果是最新式的俄羅斯製的千噸級潛艇，則和R級不同，隱密性較高。即使海軍自衛隊具有優秀的探測能力，也很難捕捉到。

野村艦長說道：

「第五號、六號魚雷變更目標。」「第五號、六號魚雷變更目標。」

聽到複誦聲。

「目標六三，航軌訂爲一〇四七。」「目標六三，航軌訂爲一〇四七。」

魚雷長複誦。

「六三，深度二五〇。距離七千。」

野村艦長突然變得焦急不安。接下來的瞬間，聲納員的臉色突然大變。

「魚雷高速接近！探測到螺旋槳音！有二枚。」

「方位呢？」

野村艦長大叫著。

「方位二七〇！有魚雷從九點鐘下方，迅速浮上來，朝這兒衝過來了！距離五千。」

野村艦長和副長面面相覷。

「打出氣泡彈。」「打出氣泡彈。」

氣泡噴向船艦外壁。

「捲起拖航裝備。」「捲起拖航裝備。」

「好，緊急上浮！升舵三十度！全速前進至潛望鏡深度！」

聽到複誦聲。船艦的電動機充分運轉。

急速上浮的蜂鳴器響起。空氣進入壓艙水箱，讓船艦一口氣由下往上抬。

「準備發射第五號、六號魚雷！立刻確認六三的最後方位，快回答。」

「確認最後方位，第五號、六號魚雷發射完成準備。」魚雷長大聲的回答。

3

中國北海艦隊第二潛艇戰隊所屬的千噸級潛艇「海狼」一三三號，躲在陸棚的海底溪谷，屏氣凝神的等待敵艦通過。艦長方中校看著操縱室的聲納螢幕。

美國海軍第七艦隊呈鋸齒狀的數次改變航向，在暴風雨中持續西進。如果再繼續採取往西的航路，就會進入四十四艘中國艦隊潛艇戰隊守株待兔的扣殺區中。

隔著船艦壁傳來爆炸聲。

一枚，接著又是一枚。方艦長和副長互相對看。

「這是甚麼？」

「敵人的魚雷攻擊。我方的同志尚未開始攻擊。」

方艦長看著操縱室的螢幕。我方船艦的配置一目瞭然。

「爆炸的方位呢？」

『方位〇四八。距離十海里。座標一九〇……』

是我方艦。我方艦受到敵人的攻擊。方艦長氣得緊咬嘴唇。

『艦長！又探測到魚雷發射音！有敵人的潛艇。』

聲納室的聲納員立刻通報。

「魚雷朝向何處？」

『航向〇四五，高速航行中。有二枚魚雷。』

「敵艦的位置呢？」

『方位〇九〇，深度二百，距離八千公尺。登記爲探測編號二九。』

「二九是敵艦嗎？」

方艦長仔細的詢問。在這戰鬥海域，配備著數艘我方的潛艇。萬一把我方船艦誤認是敵艦，同志相殘，就會妨礙『鳳凰作戰』。

『的確沒錯。根據螺旋槳音的解析，是日本海軍春潮型潛艇。』

「春潮型嗎？進行戰鬥配置。」

方艦長冷靜的下達命令。艦內一陣騷動。副長和負責攻擊的士官趕緊跑向操縱室。

「上浮到二五〇爲止。潛航角度三十度。航向〇九〇，八節。」

複誦聲響起。千噸級的潛艇以八節以下的低速移動時，幾乎可以進行不會發出噪音的無音航行。

即使配備了高性能的被動聲納，也無法捕捉到進行無音航行的千噸級潛艇的音。只要不發出活動聲納，那麼被敵人發現的可能性就會降低。

「深度二五〇。」

操舵員說著。艦長命令。

「準備發射魚雷！」「準備發射魚雷！」

複誦聲響起。

「距離目標多少？」

「五二〇〇公尺。」

攻擊要員叫著。

「深度二百。」

操舵員告知。與敵艦的深度相同。

「一號發射管，準備魚雷！」「二號發射管，準備魚雷！」

魚雷長複誦，趕緊傳達命令。

「目標位置，最後確認。」「目標位置，最後確認。」

「方位……訂好。完成發射準備。」

攻擊要員看著儀表板的燈叫著。

方艦長命令副長。

「發射一號、二號魚雷。」

「發射！」

副長複誦，同時按下二枚魚雷發射按鈕。聽到發射管出現壓榨空氣的聲音。

間不容髮之際，艦長大叫著：

「急速潛航。到達深度五百爲止。全速前進！降舵三十度！」

「急速潛航，到達深度五百爲止。全速前進！降舵三十度！」

操舵員複誦。

艦的壓艙水箱被注入大量的壓縮空氣。急角度（急轉彎的角度）的艦底傾斜。

操縱室的要員們全都抓著扶手或椅子。

「魚雷到達時間？」

「三分二七秒」。

攻擊士官回答。

方艦長抓著扶手，踩在地面上。船身因大幅傾斜而讓人站立不穩。

「放出氣泡。」「放出氣泡。」

感覺船艦壁面全都放出氣泡。藉著大量的氣泡幕，使得來自本艦的音消失，同時讓敵人的聲納音無法反射、無法探測。

「深度四百。」

『敵人二枚魚雷，高速接近中。』

聲納室響起聲音。

方艦長點點頭。敵艦的反應也很快。立刻進行反擊。

『敵人的魚雷發出搜敵聲納音。距離五千。』

方艦長看著天空。制導魚雷發出活動聲納音，想要探測出我方的位置。艦長額頭冒汗。

「深度五百。」

操舵員告知。

「好，機械停止。」「機械停止。」

「無音待機。」「無音待機。」

突然電動機的旋轉軸音消失。不知道何處漏水，傳來了滴答的漏水聲。

艦內一片寂靜，只是偶爾會聽到氣泡音。大家一動也不動的待在那兒。船艦利用惰性漂浮在海中。

聽到高亢的活動聲納音敲打著艦壁，感覺聲音越來越接近了。方艦長的手掌不禁冒汗。

沁——沁，大的衝擊波兩次響徹船艦。方艦長看著天空。這是敵艦放出的魚雷爆炸聲。

在黑暗的海中，方艦長想像著被二枚魚雷炸裂船身的潛艇。

『二枚命中音。』

聲納員冷靜的說道。全員豎耳傾聽。

『我方艦被擊沉。沉入海底。』

聲納員告知。

「畜生，我一定要報仇。」

副長喃喃自語的說著。

「好，維持目前的深度，右滿舵，一六節。」

「維持目前的深度，右滿舵，一六節。」

艦持續傾斜，朝左回航。這是閃躲敵艦攻擊的鋸齒狀航行。

4

突然傳來了刺耳的搜敵聲納音。野村艦長全身僵硬。

「敵人的魚雷，距離三千。」

由艦壁吹出的氣泡，包住整隻船艦。

「敵人制導魚雷似乎已經進入追蹤方式。距離一千。」

「發射模擬彈！」「發射模擬彈！」

模擬彈是爲了欺騙敵人的活動聲納而使用的假魚雷。野村艦長調整呼吸，下達命令。

船尾傳來模擬彈發射出去的聲音。模擬彈內藏的擴音器會發出吵雜的引擎聲或音響，引誘敵人的制導魚雷，使其誤爆。模擬彈發射的同時，艦長大聲命令：

「深度八十。」

操舵員握著操縱桿說道。

「右滿舵。」「右滿舵。」

船頭朝右回頭。艦長緊捉著操縱室的扶手，腳穩穩的踩在地上。CRT的畫面出現向右回航的軌跡。

「深度五十！」

「左滿舵！」「左滿舵！」

接著，船艦又向左邊回航。

「敵人的魚雷持續接近。距離六百。利用活動聲納探測我們的位置。」

野村艦長看著天空。如果敵人魚雷的探測器沒有被假魚雷所引誘，而捕捉到躲在氣泡壁背後的我方潛艇，則萬事休矣。

「距離四百。」

野村艦長屏氣凝神。

「潛望鏡深度。」

操舵員看著深度計說著。

「恢復水平。」「恢復水平。」

操舵員拉著舵。慢慢使得地面的傾斜爲恢復水平狀態。

野村艦長靜靜的下達命令。

「機械停止！」「機械停止！」

電動機停止。四周歸於平靜。

「敵人的魚雷改變方向。好像去捕捉模擬彈。」

聲納員告知。野村艦長鬆了一口氣的看著副長。

「敵人的魚雷衝進模擬彈。」

聲納員告知。

野村艦長閉上眼睛，想像魚雷衝向模擬彈、快速飛行的樣子。

巨大的衝擊波衝撞整個艦壁，接著連續兩次聽到的爆炸聲。

「模擬彈爆炸，敵人的第二枚魚雷也被誘爆了。」

聲納員告知。

模擬彈安裝了近爆引信，當魚雷接近到一定的距離時，會自行爆炸。

艦內瀰漫著一股輕鬆的氣氛。

「這次輪到我方的魚雷出場了。」

野村艦長看著螢幕上拖著軌跡的制導魚雷的方向。

「切斷引導線，魚雷進入追蹤航行，正在搜敵中。」

攻擊要員告知。野村艦長盯著電子標示板。表示魚雷的藍色記號朝意味著目標的紅色光點周圍移動。

進入追蹤航行的魚雷呈螺旋狀，發出活動聲納音，探測標的。一旦發現標的位置，就直接往標的衝過去爆炸。如果沒有發現標的位置，則會持續搜敵，直到燃料耗盡爲止。

5

中國潛艇「海狼」一三三號在海中漂浮，保持沉靜，避免被制導魚雷的搜敵聲納發現。

『感覺到爆炸聲。』

聲納員壓抑著欣喜的聲音說著。

在發出聲音的同時，爆炸聲消失。聲納室傳來歡呼聲。

『我方魚雷命中目標。』

「沒錯嗎?」

方艦長仔細詢問。

『沒錯，聽到兩次爆炸聲。可能二枚魚雷都命中目標，誘爆了。』

方艦長摸摸下巴，副長則滿意的笑了起來。

「報仇了。」「太好了！」

艦內響起了鼓掌聲。艦長好像鬆了一口氣似的點點頭。

「太幸運了，這樣就能夠徹底的殲滅第七艦隊。」

副長很高興的笑著。方艦長則說道：

「敵人的制導魚雷還在探測我們，不可以喧嘩。」

艦長詢問聲納室。

「敵人魚雷的位置呢？」

『方位〇九〇。距離一二〇〇。深度一五〇。敵人魚雷進入搜敵方式。魚雷呈螺旋狀的大圓下降，利用活動聲納搜尋我們。』

「還有多少時間魚雷的燃料就會耗盡？」

『是美製ＭＫ48制導魚雷，大概還要一個小時燃料才會耗盡。魚雷的深度會慢慢的下降。』

「艦長，如果我們還一直躲在這裡，就會被魚雷發現。」

副長說著。艦長也點頭說道。

「好。保持深度，微速前進。」「保持深度，微速前進。」

傳來電動機的運轉聲。船艦在海中又慢慢的開動了。

「魚雷的位置呢？」

「方位〇九〇不變。距離一三〇〇。深度二百。仍然維持螺旋航行下降。」

「維持原來的航向，五節。」「維持原來的航向，五節。」

船速稍微提升，但是，維持速度會使螺旋槳的旋轉聲音變大，這樣就容易被敵人發現。

「繼續打出氣泡。干擾敵人的聲納。」

艦長摸摸下巴。一旦氣泡停止，就好像赤身裸體一般。

魚雷所發出的活動聲納音不斷的敲擊著船艦外壁。根本沒有時間和敵人的制導魚雷玩遊戲。方艦長瞪著在電子情況標示板上閃爍紅燈的魚雷。

「與魚雷距離一四〇〇。稍微拉遠了一些。」

「好，很好。」

如果繼續離開，就能夠脫離制導魚雷的射程。

「維持原先的航向，六節。」「維持原來的航向，六節。」

方艦長瞪著天空，彷彿外壁透明可見，在腦海中描繪出前來偷襲的魚雷軌跡。

6

「不知道六三的所在位置嗎？」

野村艦長詢問聲納室。艦內一片寂靜。

『魚雷還沒有捕捉到目標。』

聽到來自聲納室的回答。九七式制導魚雷所發出的聲納音不斷的在附近探測。即使是最新式的制導魚雷，也沒有發現目標。再次以螺旋狀的方式旋轉繼續搜敵。

消失到哪裡去了呢？在這海域的某處的確躲藏著敵人的潛艇。

九七改良式制導魚雷，爲了與潛艇潛航深度的增加與水中速力的高速化互相對應，故性能比以往的八九式或九七式魚雷更加提升了。

潛航能力、水中速力、機動力都日新月異。同時搭載省能源引擎，大幅延長搜敵時間。潛艇的探測能力也提升，對於以往型制導魚雷無法分辨的普通細微回音，都可以利用它來識別敵艦。

「升起潛望鏡。」

野村艦長大叫著。潛望鏡升起。野村艦長彎腰，看著潛望鏡。

透過潛望鏡看到了萬丈波濤的海面。潛望鏡旋轉三六〇度，可以看清四周。

並沒有發現周圍有任何的艦影。將潛望鏡所安裝的攝影機轉一圈，拍攝四周的狀況。從吸排氣孔發出聲音，新鮮而清涼的外氣進入。從突出於海面的天線發出無線電波。

『不久之後，是目標到達時刻。』

聲納室告知。

「收起潛望鏡。」潛望鏡被收起。副長將攝影機拍攝到的畫面播放出來。螢幕上看到的是波濤萬丈的海面，並沒有發現敵人的艦影。

『三號、四號魚雷好像發現敵艦。目前進入探查方式。』

聽到來自聲納室的通報。野村艦長點點頭。

副長看著聲納螢幕，眼睛盯著魚雷的方向看。

『三號、四號魚雷，方位二〇〇。深度一八〇，速度十節，正在搜敵中。現在的深度二百。』

突然聽到聲納室傳來緊張的聲音。

『四號魚雷進入高速追蹤狀態。三號魚雷似乎也鎖定了目標六一。』

7

美國海軍改良型洛杉磯級核攻擊型潛艇SSN—七二一「芝加哥」號，從幾天前就和僚艦一起來到距離第七艦隊本隊一百至二百公里前方，找尋躲在航路上的中國潛艇。

航向二五〇。深度一二〇。十節。在後面本隊第七艦隊第五航空母艦戰鬥群以時速十五節航行，不能再猶豫不決了。

「芝加哥」艦長馬特·斯特爾海軍中校盯著操縱室的電子情況標示板瞧。在戰鬥海域，表示我方艦的藍色光芒呈扇狀展開。扇狀的中樞光點則是第七艦隊第五航空母艦戰鬥群。

第五航空母艦戰鬥群前面呈扇狀展開糾察線。糾察線最南側最左翼由「芝加哥號」負責，而艦隊航向左邊，則由改良型洛杉磯級核攻擊型潛艇SSN—七二二「基威斯特號」負責。航向右邊則由同樣的核潛艇SSN—七七二「青樓號」負責。在糾察線北邊最右翼則配置了SSN—七五九「傑弗遜城號」。

距離糾察線大約二十海里到四十海里處，則有同盟國日本海軍的八艘潛艇。

登記在情況標示板上的ＪＭＳＤＦ海軍自衛隊潛艇的名稱，分別是「冬潮」、「若潮」、「親潮」、「朝潮」、「荒潮」、「滿潮」、「渦潮」、「卷潮」。都是ＳＳ普通型潛艇，負責在後方的日本艦隊的護衛工作。

在ＡＳＷ（反潛艇作戰）的找尋潛艇行動中具有最重要任務的，並不是反潛飛機或驅逐艦，而是和敵人的潛艇一樣在海中的我方潛艇。

核潛艇的艦長要熟悉海面下的一切狀況。核潛艇所具備的計測裝置，能夠充分掌握住反潛飛機或驅逐艦等所具有的反潛計測裝置無法捕捉到的微妙音源。在海上颱颱風的惡劣氣象條件下，飛機無法起飛，水面艦艇無法充分的進行ＡＳＷ時，其也能夠發揮作用。

在惡劣的天候之下，躲在海面下的核潛艇也不會受到影響。

『艦長，又測得魚雷爆炸音！這次是一次。』

聽到來自聲納室的通報。之前已經發現八枚魚雷的爆炸聲。僚艦「基威斯特號」捕捉到敵艦，也許正在發動攻擊。

斯特爾艦長看著情況標示板的紅色光點。紅色光點表示敵人中國的海軍艦艇。

艦長看著距離最近的「基威斯特號」的周邊。根據之前的報告，「基威斯特號」

捕捉到一艘敵人的潛艇潛藏在附近的海中。

「是基威斯特號嗎？」

『不是。從方位來看，似乎是日本海軍的潛艇和中國海軍的潛艇作戰。』

「爆炸位置呢？」

『方位二二〇。距離二三哩，座標四九二。』

「知道日本海軍潛艇的名稱嗎？」

『應該是「冬潮」。』

斯特爾艦長看著情況標示板上「冬潮」的位置。大致在相同方位，距離二一哩前方的藍色光點閃爍著。周圍則發現一些敵人的紅色光點。

「『冬潮』似乎已經上浮到潛望鏡深度。透過衛星通信，敵艦的情報傳送到中心，從中心接到情報。」

通信兵報告。斯特爾艦長命令通信兵：

「好，報告吧！」

「在第七艦隊的航路方向發現四艘敵人潛艇。R級三艘，千噸級一艘。擊沉其中的一艘R級船艦。目前還在交戰中。請求支援。」

四艘敵艦對付我方盟友一艘船艦，真是糟糕。而且對手是最新式的千噸級，日本海軍潛艇當然會陷入苦戰中。

副長奧加斯特上尉詢問：

「該怎麼辦？最靠近他們的是我們的船艦。」

「好，趕緊支援。」

「遵命。」

斯特爾艦長大叫著。

「改變航向，右舵三十度，方位二二〇。維持原先深度，全速前進。三五節。座標四九二。」

操舵員一一複誦命令。

核潛艇「芝加哥號」加快速度，船頭朝右回航。

8

低沉的爆炸聲音透過外壁傳了進來。接著又響起了引爆音。

『第三號魚雷命中目標六一！』

聲納室的要員告知。

『第四號也命中了。』

野村艦長看著副長。

九七改良式魚雷到達目標，不會直接命中目標，而是潛入敵艦下方。這時近爆引信啓動，才會爆炸。藉著爆炸的衝擊，能夠使潛艇的船身龜裂而被擊沉。

野村艦長想像著在海中破裂沉沒的敵艦的姿態。

『目標六一消失。』

命中了。這樣就殲滅了二艘敵艦。

野村艦長即使面對敵艦，卻因爲同樣是潛艇人員，所以，並沒有露出勝利的喜悅表情。但若不殲滅對方，自己又會被擊沉。七十二名部下船員的生命就掌握在自己的手中。

「六三在哪裡？」

『估計位置，方位二〇〇。座標四四三附近。深度五百以下，距離四五〇〇至五千。』

「距離魚雷的燃料用盡還有多久時間？」

「最多二十分鐘。」

魚雷長告知。

如果在這二十分鐘之內未發現敵艦，則一旦魚雷燃料用盡，就會沉入深海。

「準備發射一號、二號、三號、四號魚雷。」

魚雷長複誦。爲了下一波的攻擊，必須保持隨時都可以發射的狀態。同時也不能夠放過另一艘編號五七的敵艦。

「編號五七的位置呢？」

『五七，更改航向。距離八哩。』

「要追擊嗎？」

副長詢問。

「六三的千噸級如何呢？」

野村艦長緊咬嘴唇。

若不擊沉六三，就不能夠安心的追擊五七。野村下定決心說道：

「好，使用活動聲納追擊。」

「很危險。對方會知道我們在哪裡。」

副長說道。

「早就已經覺悟到危險了。待在此不動，事態是不會改變的。與其如此，還不如利用活動聲納搜尋對方，在敵人反擊之前，由我方魚雷掌握對方的所在位置。收拾敵艦，否則無法安心追擊。」

「知道了。」

副長遵命。

「利用最大輸出功率打出活動聲納！」

聽到複誦聲。聲納音放出。

「連續打出聲納。」

野村艦長看著聲納螢幕。碰到海底的聲納反射音會出現在螢幕上。

一旦潛艇受到強烈聲納音的衝擊時，被動聲納裝置會形成痲木狀態而無法使用。另一方面，也能夠使得碰到海底的聲納音反射上來，讓藏在海底深處的潛艇潛影由下往上浮。

接著，如果能夠被制導魚雷的感應器捕捉到，那麼就可以鎖定目標了。

『艦長，知道目標六三的位置了。』

接到聲納室的報告。艦長看著螢幕。六三的紅色標誌再度閃爍。

『方位二〇五。座標四四五。深度六百。航向〇一五，以五節的速度潛航。距離本艦六千。』

九七改良式制導魚雷可以潛藏到深度七百公尺，再深的話則無法承受水壓。

「魚雷距離目標多遠？」

『二一〇〇。』

野村艦長看著螢幕上的紅點。

『魚雷探測目標。鎖定目標。開始高速追蹤。』

「這一次一定要將它擊毀。」

野村艦長和副長互相點頭。

9

強大的活動聲納音持續敲打著「海狼」的艦體。

『艦長，無法進行聲納聽音。』

聲納室發出了哀號聲。方艦長臉色大變。

敵人竟然大膽的將活動聲納開到最大的音量來使用，聲納音太大，就無法利用被動聲納裝置捕捉到螺旋槳音或其他的聲響。方艦長大叫道：

「敵艦的位置在哪裡？」

「相當遠的上方，潛望鏡深度。好像是之前的日本潛艇。」

「什麼？沒有將它擊沉嗎？」

方艦長氣得咬牙切齒。

「好，一號、二號發射管，準備發射制導魚雷。」

「一號、二號發射管，準備發射制導魚雷。」

複誦聲響起。

方艦長看著聲納螢幕。被動聲納受到敵人強大的聲納音而變得一片空白。

一定會被敵人發現到。一旦被制導魚雷發現就無法逃走了。方艦長大聲說著。

「艦長，不能用干擾聲納確認敵艦的最後位置！」

魚雷長叫著。這時，不斷的傳來聲納音。

「沒關係。將目標設定在聲納音發信源。」

「設定在聲納發信源。」

魚雷長複誦。

方艦長對操舵員大叫著。

「維持目前深度，最大戰速二十。左滿舵。」

複誦聲響起。電動機的旋轉音增大。感覺船艦外壁有氣泡在流動。船頭朝左回航。

方艦長向天祈禱。希望魚雷的燃料用盡，無法作動。

『艦長！魚雷追蹤而來！急速接近。』

「發射模擬彈！」「發射模擬彈！」

艦的上方數度傳來欺瞞用的模擬彈的發射音。

藉著欺瞞用模擬彈故意發出吵鬧的聲音以擾亂魚雷的感測器。雖然這對於具有高性能頭腦的制導魚雷暫時有效，但是可能會被識破。

「一號、二號魚雷完成準備發射。」

魚雷長大叫。

「一號、二號魚雷發射！」「一號、二號魚雷發射！」

在方艦長下達命令的同時，副長按下發射按鈕。船頭發射管響起兩聲發射音。

方艦長立刻下達命令。

「右滿舵，急速潛航，角度三十，到達深度七百為止！」

操舵員面露不安的表情複誦。將操縱桿倒向右手前方。船艦以急轉彎的角度下沉，同時向右傾斜。

「艦長，深度七百，已經超越這個艦的界限深度。」

副長臉色蒼白。這已經比界限深度六百多了一百公尺。

「我知道，這是孤注一擲的勝敗關鍵。想要逃過敵人的制導魚雷，就一定要躲在深海或海溝。」

方艦長看著天空。副長面對他的氣勢，只好沉默不語。

船頭朝深海潛入。船身猶如在擠出最後吃奶的力氣似的，發出不悅耳的聲音。

「深度六五〇。」

操舵員叫著。

「左滿舵！」「左滿舵！」

船艦大幅度朝左傾斜，開始急轉彎。利用鋸齒蛇行躲開魚雷的追蹤。

「魚雷來了嗎？」

『雖然暫時用欺瞞彈瞞騙過了它，但是還是追蹤而來。魚雷的深度五六〇，距離一二〇〇。』

方艦長緊咬嘴唇。

「右滿舵！十五節。」「右滿舵！十五節。」

操縱員將操縱桿轉到右手邊。CRT的螢幕上顯示右手邊出現彎曲的航路。

「深度六八〇。」

操舵員告知。船艦嘎嘎作響的聲音消失。

「深度七百。」

操舵員一邊看著深度計一邊告知。船員們全都臉色蒼白的看著艦長。

「調整航向。恢復水平。」「調整航向。恢復水平。」

操舵員拉著舵。船艦慢慢的恢復水平。現在艦身一直承受著巨大的壓力。

艦長盯著螢幕看。眼前看到的是陸棚的海底山脈。方艦長探測海底山脈間的溪谷。如果能夠躲藏在海底山脈之間，就可以躲過敵人的聲納。

「有沒有可以躲藏的溪谷？」

「在十一點鐘的方向有溪谷。」

螢幕上利用CG描繪出海底陸棚放大的樣子。在十一點鐘的方向的確是連綿的山頂。方艦長確認方位，命令操舵員旋轉。

『魚雷接近！距離八百，深度六二〇。』

聲納室回答。

不能夠再猶豫不決了。方艦長大叫著：

「最大戰速十七節！」「最大戰速十七節！」

「發射氣泡彈！」「發射氣泡彈！」

艦尾的氣泡彈陸續發射。在一定的距離內氣泡彈能夠射出大量的氣泡，藉著氣泡彈的彈幕干擾搜敵聲納。快點吧！方艦長在心中吶喊著。如果船艦能夠巧妙進入海底山脈，就能夠閃躲魚雷的追蹤。

「從第一、二、三、四號魚雷發射管發射磁性魚雷，準備魚雷！」

「第一、二、三、四號，準備發射磁性魚雷！」

「將魚雷近爆引信的反應距離縮至最短。」

「將魚雷近爆引信的反應距離訂在最短的距離。」

方艦長大叫著。副長感到很訝異。魚雷戰負責士官趕緊慌張的指示部下。

「如何呢？」

「將磁性魚雷撒向後方，形成魚雷盾。在布雷區，通過附近的敵人魚雷會因爲魚雷的爆炸而受阻。如果是高速魚雷，可能無法捕捉到，但是仍有值得一試的價值。」

艦長想了一會兒，終於同意了。

「試試看吧！與其坐以待斃，不如姑且一試。」

副長也贊成。

「魚雷準備完畢。」

魚雷戰負責士官叫道。

「發射水雷。」「發射水雷！」

在方艦長的命令下，發射了魚雷。

10

『艦長，敵人的二枚魚雷從下方高速接近。距離二千！』

聲納室傳來這樣的報告。

野村艦長詢問聲納室。

「魚雷的方向呢？」

『在四點鐘下方。』

野村艦長大聲命令著：

「停止活動聲納！」「停止活動聲納！」

「打出氣泡彈。」「打出氣泡彈。」

氣泡再度從船艦的底部和側壁一起噴出。

「維持原來的深度，全速前進二十節！」「維持原來的深度，全速前進二十節！」

在艦長下達命令的同時，潛艇「冬潮」維持潛望鏡深度，猛然往前衝。電動機的旋轉振動傳了過來。

『一枚魚雷高速接近，距離一六〇〇。都是制導魚雷。深度一五〇。捕捉到搜敵聲納音。』

聲納室告知。

想必制導魚雷是追尋活動聲納的發信源而衝了過來，所以，要盡量遠離發信源的位置。利用氣泡彈使氣泡覆蓋船艦，就無法完全吸收搜敵聲納音。

但是，性能較佳的制導魚雷，能夠感應到未隱藏於氣泡中的船艦部位所產生的反應，嗅出我方艦艇的位置。

「我方魚雷的燃料很快就要用盡了。」

負責攻擊士官告知。野村艦長顯得十分焦躁。

「我方魚雷還沒有探知到目標嗎？」

「還沒有鎖定目標。」

攻擊士官回答。

「敵艦的位置呢？」

「最後位置座標四七七。敵艦打算逃入海底山脈的溪谷。」

「但是，這附近海底山脈的深度不是在七百以上嗎？」

「千噸級可以潛航到深度七百以上。只能再次發射魚雷擊潰對方。」

負責攻擊的士官提出意見。野村艦長點點頭，對魚雷長說道：

「準備發射一號、二號魚雷。目標編號六三。確認最後方位。」「準備發射一號、二號魚雷。目標編號六三。確認最後方位。」

魚雷長複誦，並做出隨時都可以發射的ＯＫ手勢。

「訂出座標四七七，深度七百。」

野村艦長下達命令。

「一號、二號發射！」「一號、二號發射！」

副長複誦著，陸續按下發射按鈕。感覺魚雷從船頭附近的發射管游出。

野村艦長看著螢幕。發射魚雷的二個藍色光點各自在有線制導的情況下進行潛航。在二個光點下降的前方，可以看到敵艦的紅色光點閃爍著。

即使在此之前發射的五號、六號魚雷燃料耗盡，攻擊敵艦失敗，但是，新發射的一號、二號魚雷一定能夠收拾敵艦。

從下方傳來伴隨衝擊的爆炸聲。衝擊波停止後不久，爆炸聲再次攻擊整個船身，船激烈的搖晃著。野村艦長詢問聲納室。

「這是魚雷的爆炸聲嗎？」

『無法確認，魚雷的聲納音消失了。』

聲納室回答。

『二枚魚雷都消失了嗎？』

『二枚都消失了，並沒有出現命中目標的聲音。可能是命中敵人的模擬彈。』

野村艦長看著副長。

『敵人的魚雷接近。距離一二〇〇。朝我們衝來。』

聲納室告知。

「深度呢？」

『深度八十，還在上升！』

活動聲納音敲打著船身。船體表面覆蓋能夠吸收聲納音的素材，而船身則以氣泡覆蓋，藉此就不會反射出敵人的聲納音。但是，不能夠因此而安心。

「發射模擬彈！」「發射模擬彈！」

「左滿舵，急速潛航！降舵三十度。深度一百。」

「左滿舵，急速潛航！降舵三十度。深度一百。」

船艦朝左傾斜，以急轉彎的角度開始潛航。野村艦長抓著扶手，腳用力踏地。

『魚雷接近，距離一千。深度五十。』

野村艦長凝視著天空，想像緊急追趕而來的魚雷。如果魚雷能夠被模擬彈瞞騙過去就好了。在心中不斷的祈禱著。

魚雷以時速五十節以上的高速衝了過來。

『距離八百。深度三十。停止上浮的樣子。魚雷朝我們的方向衝過來了。』

魚雷的探測聲納音不斷的敲打著船艦的外壁。再這樣下去，船艦會朝下方沉沒。若朝左旋轉，也許就能夠躲開直衝而來的魚雷。

「深度一百。」「恢復水平。」「恢復水平。」

操舵員複誦著。

『魚雷距離六百。艦長，二枚魚雷中的一枚轉換方向，朝我們這兒衝了過來。』

難道被發現了嗎？野村艦長大叫著：

「發射模擬彈！」「發射模擬彈！」

艦上傳來幾枚模擬彈發射的聲音。只希望敵人的魚雷會被模擬彈引誘而遭到破壞。

11

磁性魚雷爆炸的衝擊波激烈的搖晃著「海狼」的船身。方艦長緊抓著操縱室的扶手。這是近距離的爆炸。

第二枚磁性魚雷的爆炸聲響起。衝擊波又襲擊著船艦。船艦承受爆炸的壓力，上下左右大幅度的搖晃。突然，船頭的方向出現了撞擊。抓著扶手的方艦長和副長都被撞到地上。船頭往上翹，發出嘎然的聲響。

撞到什麼東西了嗎？方艦長趕緊站了起來，詢問操舵員：

「怎麼回事？」

「好像撞到了岩礁。」

操舵員拚命握著舵輪，試著讓船身直立。

緊急蜂鳴器響起。副長大叫著：

「報告損害情形。」

位在船頭的魚雷室亮起藍燈，傳來了擴音器的聲音。

『艦長，第一、三號魚雷發射管附近破損。進水。要求修理組前來支援。』

「齊中尉，魚雷室拜託你了。」

艦長下達命令。

「了解，修理組快去。」

班長齊中尉帶著修理組的海軍工兵們跑到魚雷室去。

「梁魚雷長呢？」

方艦長對著室內通話系統叫道。

『魚雷長梁上尉受傷。由士官長負責指揮。』

「進水的程度如何？」

『一號發射管和二號發射管因為撞擊而導致龜裂。水壓太強，無法停止水從裂縫進來。如同遇到洪水一樣。再這樣下去，無法保住船身。』

深度七百。船身在氣壓七十這樣的高壓下，即使是堅固特殊鋼製的船身，只要持續龜裂也會被壓扁。

「利用唧筒吐出海水。」

『唧筒已經作動了，但還是無法停止水進來。』

透過內部的通信系統聽到了水聲。水聲越來越強烈。

『修理組到達魚雷室。備用唧筒也開始作動。』

聽到齊中尉的聲音。

「能夠停止水的進入嗎？」

『進水孔不斷的擴大。但還是可以試試看。只不過水勢太強了，恐怕很難辦到。』

「艦長，爲了減壓，應該要浮上去。」

副長慌張的說道。

「等一等，先修理吧！」

「艦長，魚雷室進水，船頭變重了。」

操舵員告知。

「利用平衡系統保持水平。」

方艦長冷靜的說道。

『已經使用備用唧筒，但是仍然持續進水。請從艦尾送木材來。』

「副長，送木材。」

「了解。」

副長跑到艦後方。

「艦長，再這樣下去，船頭部分會因太重而下沉。深度七一〇。」

操舵員叫道。

已經超越界限深度，持續潛航太危險了。方艦長下定決心。

「看來只好緊急上浮了！」「緊急上浮！」

「升舵三十度，到達深度四百爲止。」「上浮。升舵三十度，到達深度四百爲止。」

聽到壓縮空氣注入壓艙水箱的聲音。船艦的地面稍微傾斜。因爲船頭很重，因此只能慢慢的往上浮。

抱著木材的船員們穿過操縱室，朝船頭移動。方艦長透過室內對講機說道：

「班長，情況如何？」

在水音中聽到齊中尉的聲音。

『艦長，水位到達魚雷室的三分之二，現在正在焊接龜裂的部分。』

「上浮，減少水壓。辛苦一下。」

『了解，我會全力以赴。』

聽到齊中尉大聲的回答。方艦長看著操舵員，操舵員拚命的拉起操縱桿。

「艦長，船頭太重，無法上浮。」

方艦長叫道。

「操舵員以外的船員全部移動到艦尾，快點。」

話一講完，船員們趕緊移動到艦尾。

「艦長，又有兩枚敵人的魚雷高速接近，距離二四〇〇。」

聽到聲納室的報告。方艦長緊咬著嘴唇。

萬事休矣。因爲泡水而沉入深海中，永遠無法上浮。即使能夠上浮，敵人也會使用活動聲納，自己就會成爲魚雷的攻擊目標。

「開始上浮。」

操舵員告知。

雖然緩慢，但是船頭朝上，船艦開始慢慢的上浮。

「敵人的魚雷接近。距離二一〇〇。」

聲納室報告。

「深度五百。」

操舵員握著操縱桿說道。

「全速前進，上浮。升舵二十度，到深度一百爲止。」

「全速前進。開始上浮。升舵二十度，到深度一百爲止。」

「發射假魚雷！」「發射假魚雷！」

這時，只能夠打出假魚雷，希望藉此能夠瞞過敵人的魚雷。方艦長在心中不斷的祈禱著。

12

「冬潮」受到近距離爆炸後引起的衝擊波的衝擊，不斷的搖晃著。

『艦長，敵人的魚雷命中模擬彈。』

聲納室告知。

野村艦長抓著扶手，等待衝擊波過去。

「還有一枚呢？」

『七時上方，距離九百。正在旋轉著想要找尋我們。』

聲納音敲打著船身。野村艦長以手示意要船員們保持安靜。

「引擎停止。」「引擎停止。」

艦內寂靜無聲。只聽到聲納音。而且還可以感覺到不斷撫摸外壁、一再湧上來的氣泡的聲響。

「發射模擬彈。」「發射模擬彈。」

又從艦上發射幾枚模擬彈。模擬彈發出吵雜的聲音，離船艦越來越遠。

『我方魚雷鎖定敵艦。』

聲納室報告。

「好，這一次一定可以成功。」

副長興奮的說著。

野村艦長並不因此而感到高興，因爲我方也被魚雷追趕而陷入窘境中。

『敵人的魚雷接近。距離七百。』

聲納室告知。

「被發現了嗎？」

『還是採取搜敵方式，似乎捕捉到模擬彈。』

聲納員告知。野村艦長摸摸下巴。

「希望能夠被模擬彈引誘過去。」

副長默默的點了點頭。組員們屏氣凝神的把精神集中在發出聲納音響而接近的魚雷身上。聲納音越來越大。

『艦長，發現敵艦。已經從海底山脈浮上來了。』

「位置呢？」

野村艦長看著螢幕。看到表示目標的紅色光點出現在畫面上。

『方位一六〇。距離四千。深度四五〇，還在上升中。深度四三〇，航向爲二八〇，以八節航行中。』

「想逃走嗎？」

野村艦長側著頭。既然我方的被動聲納能捕捉到敵艦，那麼，魚雷也能夠捕捉到敵艦。

『魚雷，發現目標。鎖定。』

聲納室告知。

「很好。」

野村艦長點點頭。其後就讓魚雷往前猛衝了。

13

『艦長，進水不止。進水的地方太大，無法焊接。』

修理組的齊中尉以悲痛的聲音報告。方艦長下定決心。

「齊班長，離開魚雷室。放棄魚雷室，關上隔壁門。」

『了解。』

齊中尉回答。

情非得已。即使魚雷室泡水，只要關上隔壁門，就可以遏止水進入船身的其他部位。不能夠使用魚雷室，攻擊力將會減半。但是，在艦尾還有二座魚雷發射管。現在應該要先決定如何存活下去。

「深度三百。」

操舵員告知。

「右滿舵。」「右滿舵。」

方艦長想像著追趕過來的魚雷。活動聲納音越來越大。

「艦長，魚雷高速接近。距離五百。」

聲納員大叫著。

「發射魚雷。」

聽到複誦聲。艦尾的魚雷發射管響起二枚發射音。

「發射假魚雷。」「發射假魚雷。」

之前的魚雷可以利用磁性魚雷爆破。因此，雖然我方也會受損，但是，必須要用魚雷爆破才行。

「距離二百。仍在高速接近中。」

聲納室傳來悲痛的聲音。

方艦長祈禱敵人的制導魚雷能夠衝向魚雷或假魚雷。

「距離一百。」

方艦長大叫著。

「左滿舵。」「左滿舵。」

船艦朝左大幅度的旋轉，也許能夠讓高速魚雷擦肩而過。

突然，艦尾響起「咚」的爆炸音，船艦激烈的搖晃著。

「魚雷爆炸！」

糟糕了！方艦長心想。魚雷通過磁性魚雷旁，近爆引信爆炸。制導魚雷是否因而遭到破壞，使得航向大幅度改變呢？

「魚雷改變航向，通過艦旁。」

聲納室告知。

方艦長鬆了一口氣，和副艦長互相點了點頭。

「深度二百。」

操舵員說著。

齊中尉等人終於撤了回來，全體人員因油污而滿臉漆黑。

「關閉魚雷室了！」

齊中尉報告。方艦長慰勞齊中尉等人。

「辛苦你們了，去休息吧！待會兒你們還有任務呢！」

這時聲納員發出哀號聲。

「艦長，一枚魚雷旋轉回來了！距離四百。」

「什麼？」

方艦長屏氣凝神。

14

遠處突然響起了爆炸聲。野村艦長嚇了一跳，抬起頭來。副長則看著聲納室。

「剛才的爆炸是……？」

『魚雷爆炸。二枚魚雷都脫離了航向。脫離目標前進。』

聲納室回答。

脫離了嗎？野村艦長搖搖頭。

『第一魚雷的聲納音斷絕。可能是因爲之前的爆炸而故障了。』

雖說是制導魚雷，但畢竟是機械，不像人一樣能夠發揮效用。野村艦長對於敵方艦長大膽規避的方法佩服得五體投地。

野村艦長決定繼續攻擊。

「目標位置呢？」

『方位三〇〇。深度一五〇，距離三八〇〇。』

聽到聲納室的回答。

「準備發射三號、四號魚雷。」「準備發射三號、四號魚雷。」

魚雷長複誦。

「目標編號六三。確認最後位置。」

野村艦長命令。聲納室又傳來了報告。

『艦長，二號魚雷轉回來了。』

「什麼？」

『二號魚雷捕捉目標。鎖定目標！』

野村艦長屏氣凝神。聽著「咚鏘」的爆炸聲。透過艦的外殼可以聽到衝擊波的襲擊聲。

『命中！魚雷命中敵艦。』

接著，再次傳來爆炸聲。

『編號六三，航軌消失。』

野村艦長和副長互相對望，但是，並沒有由衷感到高興。因爲同樣都是潛艇的成員，會同情對方的遭遇。聲納室的報告劃破了寂靜。

『敵人的魚雷迅速接近！距離六百。』

野村艦長緊握拳頭。這次輪到我們了。根本無暇同情對方。

『魚雷脫離了模擬彈。朝這兒衝過來。魚雷捕捉到本艦。』

聲納室發出悲痛的聲音。野村艦長大叫著：

「連續發射模擬彈！」「連續發射模擬彈！」

艦上響起數枚模擬彈發射的聲音。

「全速前進！維持原航向。」「全速前進！維持原航向。」

複誦的同時，電動機增加了旋轉次數。「冬潮」猛然前進。

「連續發射模擬彈！」

艦上又連續發射模擬彈。當魚雷來到假模擬彈附近時，一旦模擬彈的近爆引信作動爆炸，就會引爆魚雷。

『魚雷接近，距離四百。』

「緊急上浮，升舵三十度！」「緊急上浮，升舵三十度！」

野村艦長抓著扶手，腳穩穩的踩在地上。升舵三十度，就好像是山崖一般急傾斜的角度。操舵員拉起操縱桿，拉起船頭。地面形成相當大的傾斜角度。每個人都抓住手邊的東西，承受著傾斜的角度。這時又聽到模擬彈的發射音響起。

『魚雷接近，距離二百。』

野村艦長祈禱魚雷會衝向模擬彈。

「深度五十。」

快點，再快一點！空速計已經超過最大的航速十七節。

『魚雷距離一百。』

「左滿舵！」「左滿舵！」

操舵員將操縱桿朝側面倒。船頭朝左轉，船身朝左移動。野村艦長擦拭額頭上冒出的冷汗，祈求衝過來的魚雷擦身而過。

「深度三十！」

『魚雷急速接近！』

聲納員大叫著。

「潛望鏡深度！」

突然附近響起爆炸聲。同時船身好像被巨大的榔頭敲打似的，產生了衝擊。

聽到哀號聲，電燈消失。刹時變成了紅色的緊急燈。

「浮出水面！」

出現叫聲的同時，船身衝出波浪之間，好像側倒似的衝向海面。

野村艦長從操縱室的司令席被拋出，撞到牆上的儀表類。副長也跌倒在地。船員們都被重力衝撞到牆壁或地面。

「冬潮」的船身濺起巨大的水花，潛入海中，再次浮上來。

通知緊急事態的緊急蜂鳴器響起。野村艦長感覺到臉上流下黏滑的液體。在紅色緊急燈的照耀下，根本分不清是不是血的顏色。從地面上站起來，大叫著：

「報告損害。」

「艦尾引擎室進水。」

副長從地上爬起來。

「控制損害！」

修理要員趕緊沿著通道，朝艦尾的方向跑去。

「打開頂門！」

「全部警戒！」

「開始排氣！」

野村艦長陸續下達指示。聽到複誦聲。頂門打開，新鮮的外氣流入艦內。

電動機停止。聽到波浪拍打船身的聲音。船艦在波浪中大幅搖晃。外面似乎驚濤駭浪。緊急燈消失，取而代之的則是艦內的電燈亮了起來。副長看著艦長大叫：

「衛生組快來！艦長受傷了。艦長，請先來處理傷口。」

「沒關係」。

野村艦長用手制止副長。

「我的傷不要緊。艦的損害比較重要。副長，趕快到艦尾去報告損害。」

「了解。」

副長趕緊跑向通道，消失在後面。

操舵員叫道。

「引擎停止，無法作動。不能航行。」

內部對講機發出了聲音。

『引擎室報告。引擎室的外殼受損，因爲爆炸而開了個大洞。』

這時警鈴響起。火災警報器大作。野村艦長按下室內對講機的按鈕。

「發生火災的場所在哪裡？」

『電源室發生火災！』

接到電源室的報告。艦長大叫：

「滅火組，出動！快點。」

船員們拿起滅火器，慌慌張張的跑到後面。電燈的照明很弱，而且是緊急燈。

艦開始傾斜。

『艦長，艦尾因爆炸而遭到破壞進了水，再這樣下去就會沉沒。』

副長的聲音透過室內對講機傳來。

「不能修復嗎？」

『不能，有很多受傷者。後面的魚雷室已經關閉。還在進水，無法處理，請緊急避難。』

「好，全部撤離。」

主電源切斷，自動變成預備電源。儀表類還能正常作動。

「向艦隊報告目前的位置。損害極大，開始避難。請求支援。」

通信兵複誦。這時副長氣喘呼呼的從後面跑了過來。副長汗流浹背。

「艦長，真遺憾。」

野村艦長點點頭。

「全部撤退！穿上救生衣，離艦！」

「全部撤退！到救生艇上去。」

副長大叫著：

「全部撤退！」

這時催促避難的緊急鈴聲響起。船員們慌慌張張的穿上救生衣，湧到通往甲板上的升降口。野村艦長手臂交疊，看著部下們離去。

15

美國海軍改良型洛杉磯級核攻擊型潛艇ＳＳＮ－七二一「芝加哥」號，持續深沉而平靜的潛航。

「艦長，『冬潮』發出求救訊號。」

通信兵說道。斯特爾艦長看著副長奧加斯特上尉。

「『冬潮』的位置呢？」

「方位二一〇，座標五〇三。距離二哩。」

「前往救援。」

奧加斯特上尉說道：

「不管他。」

斯特爾艦長搖搖頭。

「難道要見死不救嗎？」

「上尉，你忘了本艦的任務嗎？」

「不，不是的。根據國際法的規定，遇到發出求救訊號的船，則最近的船艦應該要前往救援。不去救援，就是違反國際法。」

「管他甚麼國際法，如果現在按照國際法去救援，那麼，就要接受軍事法庭的審判了。在作戰行動中，不需要考慮國際法。即使是同盟軍的艦船在眼前沉沒，也與我們無關。我們的任務就是要護衛航空母艦，而且暗地裡殲滅敵人的潛艇，因此本艦必須要發現躲藏在這海域的敵人。如果前去救援，敵人就會知道我們的存在而加以攻擊。我們還是繼續執行自已的任務，讓其他艦去救援吧！實際上，躲在某處的敵艦，一定會利用『冬潮』攻擊前來救援的船艦。找出其他船艦，讓他們去進行安全的救援活動，這才是最重要的。」

『艦長，新的接觸，可能是敵艦。』

聲納室的聲音透過擴音器傳來。

「位置呢？」

斯特爾艦長問道。

『方位二八〇，深度二百。座標四一八。接觸編號登記爲二九三，距離五哩。航向變成一八五，以八節航行中，軌跡指定爲二二七號。』

操縱室的聲納螢幕上出現新的軌跡二二七。二二七的航向一八五的延長線上有『冬潮』。

「二九三號的艦種是……？」

『千噸級。解析音紋的結果，應該是屬於中國海軍北海艦隊的攻擊型柴油潛艇。』

的確沒有錯。打算攻擊前來救援『冬潮』的友軍的艦艇。接到『冬潮』的求救訊號，第七艦隊或日本護衛艦隊的救援艦艇一定會趕往現場。

如果讓敵人的潛艇逃走，則無法保障在後面海域航行的第七艦隊船艦的安全。斯特爾艦長的任務，就是要掃除第七艦隊進行的海底。艦長指示副長。

「準備ＡＳＷ（反潛艇作戰）！」「準備ＡＳＷ。」

「一號、二號發射管準備發射。」「一號、二號發射管準備發射。」

複誦聲響起。

裝塡的是ＭＫ—48先進能力型（ＡＤＣＡＰ）魚雷。這是以往的ＭＫ—48魚雷Ｍ4改良而成的。魚雷後部有長十哩的引導線，內藏新型的資料傳送係數，同時因魚雷發射管的調合器還配備了十哩引導線，故發射後能夠引導魚雷從潛艇切進，接近目標。

而且，魚雷頭部還裝配了和電腦組合而成的新型搜尋頭。發射後，即使不進行螺旋航行或蛇行，也能捕捉到前方一八〇度半球內所躲藏的目標。

確認目標的最後方位後，發射魚雷，然後潛艇基於最新資料，不被敵艦的欺瞞手段或電子干擾所惑，能夠引導魚雷到目標海域。而且在接近目標時，切斷引導線，讓魚雷衝入目標。

「第一、二號魚雷完成發射準備。」

接到魚雷發射管室的報告。

「確認最後方位。」「確認最後方位。」

攻擊士官複誦。

斯特爾艦長發佈命令。

「發射！」「發射！」

副長按下二個魚雷發射按鈕。壓縮空氣好像從船頭的方向漏出來似的，響起了發射聲音。斯特爾艦長想像後方拖著引導線的二枚魚雷，以時速六十節的高速衝向深海的姿態。

「到達目標時間五分鐘。」

攻擊士官報告。

16

東海　9月13日　〇九三〇時

雨淋濕了艦橋的窗戶。直到之前爲止，濃密的雨滴形成了煙幕，使得周圍的景色消失。現在暴風雨已過，雨勢漸緩。

「捕捉到求救訊號，是我方潛艇『冬潮』發出的。」

通信兵叫道。

在護衛艦「春雨」的艦橋，看著波濤洶湧海面的國松一信艦長，回頭看著通信兵。

「位置呢？」

「座標五〇三。方位三二〇。距離十五海里。」

即使全速前進，也要花半個小時以上的時間才能到達。在共同護衛隊群中，「春雨」距離「冬潮」最近。通信兵大叫著。

接到艦隊司令的命令。『春雨』脫離圓形陣型，在『霧島』和『倉間』的陪伴下，前往救援『冬潮』。

「回答了解。」

國松艦長抓住了艦內通信的麥克風，命令通信兵。

「艦長通知全員，我們『春雨』要脫離艦隊，跟著『霧島』、『倉間』全速前往救援潛艇『冬潮』的船員。全員持續進行反空反潛警戒。完畢。」

國松艦長詢問負責觀測氣象的大高准海尉。

「目前的天候如何?」

「風雨還很強,外面波濤萬丈。但是從天候來看,似乎要從西邊慢慢的放晴了,再過一個小時可能風雨都會停了。」

國松艦長看著前方的大海洋。直到之前為止,還是波濤萬丈的海洋已經漸趨於平靜。

漂蕩在波濤中的『冬潮』的組員是否安全呢?腦海中不時的想著這件事情。比自己晚一期的學弟野村海軍中校,應該也在『冬潮』艦上吧!

「好。右舵二十度。航向〇一〇。全速前進!」

操舵員複誦。旋轉舵輪。船的速度加快。船頭乘風破浪前進,白色波濤拍打著甲板。

「航向〇一〇。」

操舵員轉回舵輪。

船頭劃破洶湧的波濤,衝向海面,在破浪中前進。

「有沒有接到『冬潮』的狀況報告呢?」

「接到了。」

「報告吧!」

「『冬潮』與敵人的四艘潛艇交戰，擊沉其中三艘R級潛艇，但被剩下的一艘千噸級潛艇的魚雷攻擊。雖然直接避開魚雷的攻擊，但是，魚雷命中模擬彈。因爲就在近距離的地方，導致船艦受損。外殼破損，大幅度進水。電源室發生火災，艦長命令立刻滅火，但是，火勢迅速蔓延，來不及撲滅，以致無法航行。艦長決定全部撤退，命令船員們離艦……」

護衛艦『春雨』以最大的戰速三十節奔馳在海面上。一起從陣型脫離的宙斯頓級護衛艦『霧島』出現在前方左舷，而從後方右舷可以看到DDH『倉間』的艦影。可以看到從『霧島』的艦橋傳送發光信號過來。

「艦長，接到『霧島』的發光信號，希望能組成三角洲陣型。」

「回答了解了。」

國松艦長命令操舵員放慢航速。

這時在右舷的『倉間』跟了上來。另一方面，『霧島』則橫切過『春雨』的前面，來到右舷前方。

『春雨』和『倉間』間隔三千公尺並行，而『霧島』則在以這兩艦爲底邊的頂點開始航行。

『反潛巡邏直升機出發。』

後面飛行甲板傳來重松飛行司令的聲音，同時聽到轟隆的引擎聲，還有旋轉翼的聲音。離開飛行甲板的反潛直升機SH－60J的灰色機身掠過艦橋上，朝前方的海域飛去。

僚艦「倉間」和「霧島」後面飛行甲板的反潛直升機也陸續起飛。

國松艦長用望遠鏡看著水平線的那一端。偵察機P－3C低空飛過水平線上的上空。

通信兵叫道：

「艦長，接到艦隊司令的指令。」

「讀出來。」

「敵人編隊接近，可能是攻擊隊。準備防空戰鬥。」

先前的雨，終於停了。在西邊天空的雲間可以看到藍天。

國松艦長站在艦橋上，看起來威風凜凜。颱風剛過，與敵人就要展開攻擊了。在海中有敵人的潛艇，空中有攻擊機，背後則有中國航空母艦戰鬥群。

如果這一場戰爭不能獲勝，那麼日本將沒有明天。這是中日戰爭的最高潮。

第二章　鳳凰飛翔

1

東海戰鬥海域　〇九三五時

『魚雷命中音！』

聲納室傳來報告。斯特爾艦長看著手錶，很滿意的點點頭。魚雷到達時刻的五分鐘後就命中目標。

『接觸編號二九三號引爆，沉入深海。航軌編號二二七消失。』

「太好了。」

副長豎起大拇指。

船員們全都展露笑容。斯特爾艦長卻皺著眉說道：

「別高興太早了。日本海軍的潛艇擊沉了三艘R級的潛艇。其他的敵艦可能還躲在附近，不能掉以輕心。聲納員，有沒有其他的接觸。」

「有接觸。」

「在哪裡？」

『方位三〇五，深度一百。距離十二海里，座標五一九。好像探測到敵人潛艇的回音。登記爲編號二九四。』

聲納室告知。

「可以識別二九四是敵方或我方嗎？」

『沒有回答。』

「再次確認，要避免同志相殘。」

斯特爾艦長看著電子情況標示板。周邊海域顯示同志的藍色光點，目前除了日本的「冬潮」之外，並沒有發現其他的藍色光點。

方位三〇五的方向有紅色光點，編號爲二九四。

『報告艦長！』

聽到聲納室的聲音。

「什麼？」

『新接到複數的接觸。一邊在方位〇一五，距離二十海里，接觸編號登記爲二九五。在移動中。指定航軌編號二二八。另外還有方位三四〇、距離三十海里的回音。接觸編號登記爲二九六，指定航軌編號二二九。』

「是敵艦嗎？」

『深度一二〇、一百，在航行中，可能是R級。』

「真的沒錯嗎？」

『這麼吵鬧的潛艇並不多，應該是前蘇聯製的R級潛艇。』

「接近他們，不要被發現。深度維持二十節。左舵十度。方位〇一五。」

操舵員複誦。

敵人使用的是兩代以前的舊式潛艇，他們到底想做甚麼呢？

斯特爾艦長看著電子情況標示板上新加的兩個紅色光點。

2

東海　〇九四〇時

還有一些波浪，風停了，原先洶湧的波濤也暫時緩和了下來。

之前敲打在玻璃窗上的大顆雨滴已經消失，現在是細雨打濕了窗子。天空厚厚的雲層已經朝著東北方向加快腳步移動，陽光從西方的雲間撒了下來。

一乘寺司令看著下著雨的海洋。脫離圓形陣型的共同護衛隊DDG「霧島」、DDH「倉間」、DD「村雨」，全速朝正北方航行，可以看到三艘船艦的艦影。艦影慢慢的消失在雨中。

共同護衛艦隊由旗艦宙斯頓DDG「金鋼」帶頭，與DDG「島風」、DDG「旗風」、DD「村雨」、DD「夕霧」、DD「雨霧」、DD「濱霧」、DD「澤霧」共八艘護衛艦，包圍船塢型運輸艦LSD「渥美」、LSD「根室」兩艘船艦而呈圓形陣型航行。

「艦長，距離中國艦隊三百公里。」

航海長太田海軍少校報告，距離已經縮小。但是還沒有進入反艦飛彈射程內。

「好。航向三五〇。右舵二十度。第二戰速。一起掉頭。」

艦長向井海軍上校用望遠鏡看著前方的海洋。操舵員一一複誦，陸續進行操作。

通信兵則將命令傳達給其他的艦艇。

「五分鐘後一起掉頭。」

通話員複誦向井艦長所說的話，將命令傳達給通信兵。

一乘寺司令坐在司令席上，看著共同護衛隊群一起掉頭形成鋸齒狀航行的情況。鋸齒狀航法是避開敵艦魚雷攻擊的傳統航海術。

即使開發高性能的制導魚雷，但是，爲了避免讓敵人潛艇的魚雷瞄準準星，因此，現在採用鋸齒航法。

『偵察機拍攝到的映像和資料傳來。』

CIC室的聯絡兵報告。

之前發射第三架無人偵察機。無人偵察機飛行到與中國艦隊距離相當近的地方，由攝影機所拍攝到的畫面以及氣象條件等資料都傳送回來了。

當然，敵艦的防衛系統也開始作動，擊落了偵察機，但是卻能收集到連有人偵察機都無法收集到的情報。燃料減少，無人偵察機折返，落入海面，由我方收回。

「報告吧！」

向井艦長回答。

『中國艦隊陸續南下。位置在北緯二九度二十分，東經一二三度三十分。航向一六〇。以二十節的速度進行鋸齒航行。』

「當地海域的天候呢？」

『陰天，雲量九十％。風依然很強，但是雨已經停了。』

「狀況呢？」

『航空母艦「北京」、「大連」上的亞克布雷夫戰鬥機已經開始起飛。』

艦隊參謀長白洲海軍上校好像和看著海圖的參謀杉本海軍中校正在商量事情。

「司令，再這樣下去，兩小時後中國艦隊就會進入反艦飛彈射程內。敵人可能會從正面挑釁。」

白洲艦隊參謀長向一乘寺司令報告。國產反艦飛彈射程爲一五〇公里。如果敵艦沒有長射程飛彈，就不會遭遇反擊，因此，可以安心的從外圍攻擊。

「難道敵人想要引誘我們進行艦隊決戰嗎？真是難以置信。」

一乘寺搖頭。

現代不像過去一樣會採用大砲互相砲轟的艦隊決戰。在進入大砲射程內之前，可能在距離一百哩以上，還看不到對方的地方，就已利用長射程的反艦飛彈互相迎擊，或是藉著反艦飛彈奪走雙方的航空戰力。

「司令，接到AWACS的報告。中國空軍第一波的攻擊，由美國空軍軍機迎擊。」

通信兵叫道。

敵人空軍的第一波和第二波，隨著十三號颱風的暴風圈，朝第七艦隊第五航空母艦戰鬥群衝去。

另一方則是由核動力航母「尼米茲」號和普通型航母「小鷹號」上出發的截擊機前往迎擊。此外，在琉球本島的美日共同基地，也派出美日兩軍的迎擊機前往支援航母戰鬥群，與敵人展開空戰。

「第一波的敵機現在在哪裡？」

『距離第七艦隊一六〇哩。和航母載機正在交戰中。』

「第二波的敵機呢？」

『第二波距離第七艦隊的距離爲二三〇哩。由琉球基地出動航空自衛隊和美國空軍的戰鬥機前往迎擊。』

不只是潛水戰，連空戰也開始了。一乘寺司令在部下面前故作鎮定，其實內心十分緊張，連早餐都食不下嚥。

『敵機編隊第三波接近。方位三〇〇，距離二八〇公里。』

「第三波是敵人航空母艦的艦載機嗎？」

一乘寺司令感到很訝異。

無人偵察機拍攝到中國艦隊的航空母艦「北京」、「大連」上的亞克布雷夫戰鬥機起飛。

『是的，是航空母艦的艦載機。』

ＣＩＣ室回答。

中國艦隊所在的海域比共同護衛隊群所在的海域稍微偏西。如偵察機傳回來的資料一般，艦載機等到天候穩定之後才出發。

「敵機的機種和機數呢？」

一乘寺司令摸摸下巴。

『根據ＡＷＡＣＳ的報告，大約二十架。機種爲亞克布雷夫一四一。』

一乘寺司令鬆了一口氣。

亞克布雷夫是爲了與西方國家的ＶＳＴＯＬ機鷂式ＡＶ－８對抗而打造的俄羅斯製ＶＳＴＯＬ機。亞克布雷夫一四一是最新改良型。這種亞克布雷夫一四一有二十架，而我方只有鷂式－Ⅲ十二架。在數目上似乎對我方不利，但是，空戰勝負的關鍵並非取決於架數的多寡。

ＡＶ－８ＢⅢ鷂式戰鬥機是ＡＶ－８ＢⅡ的改良型。將ＡＶ－８ＢⅡ的機身加大，同時提高了引擎馬力，增加了武器和燃料的搭載量。此外也導入了最新電子機器，使得操縱性能和攻擊力飛躍的提升。

飛行員們都參加了美國海軍隊飛行隊，累積足夠的空戰訓練。如果以蘇凱二七爲對象，當然性能稍嫌不足，但是，卻足以應付亞克布雷夫一四一。

「接到『渥美』和『根室』的通報，迎擊機全部出發。」

通信兵大叫道。一乘寺海上自衛隊少將坐在司令席上，看著後方。

LSD「渥美」和LSD「根室」兩艦的甲板上，現在正好看到各有一架垂直起降戰鬥機鷂式戰鬥機朝空中起飛。噴射機特有的尖銳金屬音響起。

在兩艦上都搭載了第二〇一航空隊和第二〇二航空隊一個飛行中隊各六架鷂式戰鬥機當成艦隊護衛用機。如果全機出發，則兩個飛行中隊十二架可以迎擊敵人。之前起飛的鷂式戰鬥機在上空盤旋，等待後續機形成編隊。

參謀杉本海軍中校詢問一乘寺司令。

「司令，因爲依然波濤洶湧，所以，敵人的航空母艦上也只能夠派出亞克布雷夫戰鬥機。但是，等到波浪停止之後，蘇凱戰鬥機就會出發。最好還是趕緊向琉球那霸基地請求航空支援。」

從那霸到共同護衛隊群所在的戰鬥海域大約有六百公里。對於戰鬥行動半徑一千公里以上的美國空軍F－15或F－16戰鬥機而言，都是在迎擊範圍內的距離。

當然，空軍自衛隊的F－4EJ改良型鬼怪戰鬥機和F－2支援戰鬥機範圍比F－15或F－16更小，但是也在迎擊範圍內。六百公里的距離，如果迎擊戰鬥機以馬赫一・五飛過來，則只要花二十分鐘。

但是，如果等到確認敵機繼第三波之後還有第四波攻擊再要求支援，那就已經來不及了。

「好，趕緊請求琉球基地做好迎擊準備。」

一乘寺司令看著灰色的天空，對杉本中校說道：

「請求琉球基地進行迎擊準備。」

杉本中校趕緊指示通信兵，與琉球那霸基地司令部取得聯絡。

航空自衛隊的各飛行隊，在那霸機場、美軍嘉手納基地、普天間基地，以及臨時的宮古的下地島機場、石垣島機場、與那國機場等處分散待命。

『第三波接近。距離二四〇公里，護衛戰鬥機隊前往迎擊。』

一乘寺司令看著頭上鷂式戰鬥機的編隊向北飛去。

「司令，是否應該趕緊進入第一級戰鬥狀態？」

白洲參謀長建議。一乘寺司令點點頭，命令通話員：

「命令艦隊全隊，進入反潛反空戰鬥狀態。」

蜂鳴器響起。緊急集合的喇叭聲從擴音器中傳來。艦內響起了奔跑的腳步聲，引起了一陣騷動。艦橋瀰漫著一股慌亂的氣氛。

向井艦長陸續指示操舵員、通話員和航海長。「金剛」船身再度大幅傾斜，掉頭。

『司令，探測到魚雷爆炸聲。距離三十海里附近。這次爆炸二枚。』

CIC室傳來聲音。一乘寺司令和白洲參謀長互相對看。

到目前爲止，至少已經探測到十一枚爆炸聲。

「我方的潛艇是否要攻擊中國海軍的潛艇呢？」

「如果能夠這麼做就好了。根據艦隊司令部的通報，在這附近的海域，中國海軍的潛艇異常集結，司令部指示我們要嚴密警戒。」

白洲參謀長看著攤在桌上的海圖。

突然緊急通報的蜂鳴器響起。一乘寺司令側耳傾聽CIC室的通報。

『接到AWACS的報告。來自大陸方面的第四波敵機編隊出發，架數爲五十架以上。機種爲J－7戰鬥機護衛的Q－5攻擊機的編隊。第四波的航向與第一波、第二波採取不同的路線，南下直指本艦隊而來。』

「距離呢？」

白洲參謀長詢問。

『七百公里。』

「緊急聯絡那霸司令部，要求派出迎擊機。」

一乘寺司令大叫著。通信兵趕緊複誦。

3

第七艦隊第五航母戰鬥群沿著暴風雨西南邊緣改變航向，朝著西北西的方向前進。風雨終於減弱，波浪也逐漸變小。航向的正面有中國艦隊。

旗艦「藍山脊」艦橋的司令官席上，坐著的是詹姆士・馬歇爾海軍中將。他一邊喝著部下準備好的熱咖啡，一邊看著從上空回來的艦載機。

與中國艦隊的距離還有二一一海里（約三八〇公里）。要到達反艦飛彈射程內的八三海里（約一五〇公里）附近，以最大的戰速三五節（時速約六三公里）航行，也要花兩個多小時。但那是指中國艦隊不改變目前的速度和航向而持續南下的情況。

在惡劣的天候中，整個艦隊仍然要維持圓形陣型，並肩齊步，以三五節的高速航行，這是很困難的。

一定會有跟不上高速航行的艦隊，而且燃料的消耗量較多。一旦燃料不足，將會影響其後的戰鬥行動。

不能夠並肩齊步，如果圓形陣型瓦解，則容易受到敵人的攻擊。而且，高速航行很難對於躲藏在深海的敵人潛艇進行聲納探測，同時容易受到魚雷的攻擊。

在艦隊進行的前面，核子潛艇部隊呈扇狀展開，掃蕩敵人的潛艇。但是，高速航行時，有可能會超過前哨部隊核潛艇。如果艦隊在核潛艇的前面，進入還沒有完成搜敵的海域，則相當的危險。

因此，第七艦隊第五航空母艦戰鬥群並不是用最大戰速，而是以二五節航行。利用這速度要進入反艦飛彈的射程內，大約費時二小時四十五分。

艦長席上的約翰・科斯納海軍上校一邊看著望遠鏡，一邊和航海長科辛斯基海軍少校交談。

並行的核航空母艦「尼米茲號」和普通型航母「小鷹號」上，原先出擊的F－14改良型熊貓，以及F／A－18超級大黃蜂陸續降落。

降落時，結束燃料和彈藥補給的F－16熊貓和F／A－18大黃蜂再度發動引擎起飛。由於波浪逐漸減小，起飛的艦載機即使不需利用空中加油機補給燃料，也能夠回到航空母艦補充燃料和彈藥。

「司令官，尼米茲飛行隊司令密斯上校有報告進來。」

通信兵大叫著。馬歇爾司令官拿著無線電麥克風。

「我就是。」

『我是史密斯。』

擴音器中傳來史密斯上校的聲音。

「情況如何？」

『第一波的敵機全機擊退。現在還在統計中，不過確認擊落的敵機爲二八架，J－7八架、蘇凱27二架，其他機種不明的飛機十八架。沒有擊落的敵機三十架，幾乎全部撤回。其中有很多飛機中彈，可能不會飛回基地，會墜落在途中。』

「我方的損害情況呢？」

『遺憾的是二架飛機被擊落。僚機目擊到兩名飛行員已經跳傘逃生了。』

史密斯上校唸出兩名飛行員的名字。

「知道墜落地點嗎？」

『知道，但是天候不佳，可能要花一點時間才會被發現。目前已經派出救援隊前去救援兩人。』

「希望平安無事，要全力救出兩人。敵人的第二波攻擊如何呢？」

『由琉球派出的我方機迎擊第二波攻擊，目前正在交戰中。我方也要派出迎擊機。敵人飛機的數目則是擁有反艦飛彈的Q－5攻擊機隊四十架，而護衛的J－7戰鬥機隊五十架，目前已經擊落半數的敵機，仍在交戰中。敵機和我方機的燃料都快用完了。只要我方的航空母艦載機再參戰，那麼就能夠打敗敵人。』

「好，無論如何，不能夠讓艦隊的五五哩（約一百公里）圈內有敵機進入。」

『知道了，會全力以赴。』

史密斯上校毅然決然的說著。這時又聽到了蒸氣彈射器的噴出音，F／A18大黃蜂又飛向烏雲密佈的天空。

「CIC室，敵人艦隊的位置在哪裡？」

『目前中國艦隊在北緯二八度十分，東經一二三度四十分附近，以二十節的速度維持鋸齒航行，持續南下。』

聽到CIC室的回答，馬歇爾司令官用力的點了點頭。

「日本艦隊在哪裡？」

『西南西的方向，九十海里（約一六二公里）附近，朝向西北，以三節的速度航行。可能會比我方艦隊更早遇見中國艦隊。』

「日本艦隊和中國艦隊的會敵時刻呢？」

『可能在兩個小時以後。』

ＣＩＣ室回答。

馬歇爾司令摸摸下巴。

如果只是日本艦隊去抵擋中國艦隊，那實在是太危險了。美日艦隊一定要互助合作，全力殲滅中國艦隊。

「加快艦隊速度。」

馬歇爾司令官下定決心。柯斯納艦長也點了點頭。

「全艦維持原先航向，速度三十節。」「全艦維持原先航向，速度三十節。」

操舵員複誦。馬歇爾司令官詢問ＣＩＣ室。

「估計會敵位置呢？」

『北緯二七度三十分，東經一二四度四十分。』

「好，和日本艦隊司令官取得聯絡，說明我方艦隊會全力趕到會敵位置。要求等到我方艦隊到達時一起攻擊敵艦。」

通信兵複誦。

絕對不能焦躁，要從左右夾攻中國艦隊並予以殲滅。馬歇爾司令官下定了決心。

『……飛行隊，已經開始攻擊了。』

ＣＩＣ室告知。

4

眼底是如棉花一般的雲海，沐浴在陽光下。在颱風中心北邊的方向有巨大的黑雲簇擁在那兒。

高度爲一萬二千公尺。馬赫〇・八。

海軍自衛隊航空集團第十一航空群第二〇一航空隊六架編隊的AV－8B（Ⅲ）鷂式戰鬥機，離開了母艦LSD「渥美」之後，形成一團目標朝向敵機飛行。

在左斜後方間隔三公里，有從LSD「根室」出發的第二〇二航空隊的六架鷂式編隊在飛行。

二〇一空隊長矢吹海軍中校再次檢查裝備。接近格鬥戰用的短程飛彈90式空對空制導彈六枚裝配在機翼下。

原本中程飛彈的AIM－7M可以搭載二枚，但是，因爲機體太重，沒有滑行跑道就不能起飛，因此，取而代之的則是搭載了重量比較輕的短程飛彈90式制導彈二枚。

『敵機編隊在一點鐘方向，距離十五哩。機種亞克布雷夫一四一，架數二十架。分爲查理八架、三角洲十二架的二個編隊。查理裝備反艦飛彈，三角洲則是護衛的戰鬥機。』

接到AWACS的通報。搜敵雷達已經捕捉到敵機的編隊，在HUD上顯示資料。

「藍色一號呼叫全機。解除無線電靜默。以後藍色使用第三頻道，藍色的目標是八架查理（C）編隊。紅色則以十二架三角洲編隊爲目標。」

二〇一空飛行隊長伊吹海軍中校，看著標示在HUD上的靶標識。

『二號機』、『三號機』、『四號機』……。

部下們各自回答：

『紅機切換到第二波頻道，現在……。』

透過耳機可以聽到二〇二空的岸本海軍少校的指示。伊吹中校按下操縱桿雷達方式選擇開關。雷達變成了超級搜索（SS）方式，範圍十哩。是在HUD高度和速度之內的範圍進行搜索。形成SS方式之後，就能夠自動捕捉到進入這範圍的目標，予以鎖定。

『敵機編隊接近，距離十哩。』

ＡＷＡＣＳ的操作員告知。

「很好，對付那些傢伙不能夠浪費任何一枚反艦飛彈。我們行動吧！」

戰鬥開始！伊吹隊長舉起手來，對在左右斜後方的僚機部下們做出握拳的動作。部下們每二架成爲一組，一起散開。

『距離六哩。』

ＡＷＡＣＳ告知。

『土匪要進攻了！』

聽到三號機中村海軍上尉的聲音。伊吹隊長將操縱桿稍微向右彎，右腳踏方向舵，拉起風門加速，一邊上升，同時機頭朝向一時上方。

好像掠過前方雲的上端似的，可以看到敵機的機影。在上空還看到另一編隊，都是亞克布雷夫的機影。探測到威脅雷達波的警告電子音響起。敵機也察覺到我方的存在，散開編隊，打算發射防空飛彈。

隔著座艙罩，二〇二空的編隊急速上升，朝向上空的敵機而去。

「查理是正面的編隊。開始攻擊！」

間不容髮之際，電子音響起。在ＨＵＤ中央顯示出ＡＳＥ圈和目標的天線。對於幾架編隊的一號機都會訂出天線。

雷達鎖定！HUD表示接觸的燈閃爍著。90式空對空制導彈的紅外線探測器發出了捕捉到敵機的電子音。HUD上顯示已經在範圍內。

「發射！」

伊吹中校在間不容髮之際，按下飛彈的發射按鈕。兩枚90式制導彈從機翼下冒出白煙，朝前方飛去。HUD上顯示敵人的威脅雷達波捕捉到自己。

伊吹的身體彎成G字形，拉起操縱桿，一口氣急速上升。

飛彈接近！

警告音響起。HUD上顯示下方敵機所放出的兩枚空中飛彈飛過來。伊吹急速上升，而且連續發射照明彈。背後噴出幾枚紅色火焰，同時打出鋁箔彈。

敵機的近距離防空飛彈，總共發射了紅外線追蹤型和自動雷達追蹤型兩枚。

放倒操縱桿，機身反轉。開始往前俯衝，血液倒流到頭上。

一枚飛彈不斷旋轉，掠過落下的機身旁邊，衝入照明中爆炸。接著，另一枚射向閃耀銀色光芒的鋁箔彈雲中爆炸。

伊吹將急速下降機頭往上拉，恢復機身的姿勢。

突然發現了敵機。目標亞克布雷夫冒出黑煙，衝入雲間。

「擊落了！」

伊吹大叫著。這時HUD又出現了捕捉到敵機機影的標示。距離敵機只有幾公里。我方機發射的飛彈陸續擊落了敵機。

鎖定!90式制導彈的紅外線搜索裝置再度響起了電子音。

伊吹隊長反射性的按下發射按鈕。

5

HUD上顯示敵機編隊接近。搜敵雷達捕捉到敵機編隊。

『護衛戰鬥機隊,前往迎擊。』

耳機中傳來隊長朱中校的聲音。二號機的吳中尉望著上空。上空的八架攻擊機及十二架護衛的亞克布雷夫都採取攻擊態勢。吳中尉所在的攻擊隊的亞克布雷夫,其機身下方各有一枚重達七百公斤的空鷹反艦飛彈2型的飛彈。因此行動比較遲鈍,而護衛的亞克布雷夫則搭載了四枚空對空飛彈。

『隊長機呼叫全隊。準備發射空鷹反艦飛彈!』

「了解。」

吳中尉的武器按鈕切換爲反艦飛彈，而且也接到來自其他飛機的應答。吳中尉對著麥克風說：

「隊長，目前還在空鷹反艦飛彈的射程外。」

空鷹反艦飛彈2型的射程大約爲一二〇公里，但是，目前距離日本艦隊還有一四〇公里以上。

『已經了解。各機飛快點，即使沒有到達射程內，也要發射空鷹反艦飛彈，迎擊敵機。』

「了解。」

吳中尉大叫著。陸續聽到回答的聲音。

看著ＩＩＵＤ。日本艦隊的機身隱藏在雲中，分不清位置在哪裡。但是，空鷹反艦飛彈2型只要發射方位正確，就可以藉著慣性制導飛到目標附近，在最後階段由主動雷達作動，捕捉目標，衝入目標中。

『距離目標一三〇公里，全機散開。下降。各機發射空鷹反艦飛彈。』

聽到朱隊長的命令。而在中途雷達捕捉到急速接近的飛彈。

「敵人的飛彈接近！」

吳中尉大叫著。操縱桿往前倒，打算衝入雲間。

在此之前，黑影和隊長機橫穿。閃光乍現，隊長機在空中爆炸。

「畜生！」

二號機的吳中尉怒吼著。

隊長機在眼前爆炸，冒出白煙而墜落。同時響起了敵人飛彈接近的電子音。

爲了擺脫追蹤的飛彈，開始急速迫降到海面，連續打出欺瞞彈。噴出的紅色火焰朝後方散開。黑色彈體似乎衝入其中一個火焰引爆。

「太好了！」

吳中尉拉起機頭。感覺操縱桿好重，持續下降。四周一片白霧，瞬間無法辨認方向。操縱桿往前倒，下降。來到了雲的下方。白色三角波佈滿整個海洋。

『隊長機，隊長機，這是三號機，請回答。』

三號機蕭上尉的聲音從耳機中傳來，吳中尉代替隊長回答。

「這是二號機，隊長機被擊落了。」

『甚麼？隊長逃走了嗎？』

「確認沒有逃走。」

蕭上尉頓時語塞，但立刻鎮定情緒說道：

『三號機呼叫全機，以後由我負責指揮，利用格鬥戰擊落敵機。』

「二號，了解。」

吳中尉叫道。

『四號。』『六號。』『七號了解。』

沒有接到五號、八號機的回答。蕭上尉多次呼叫五號、八號，但是，並沒有得到回應。電子音響起。搜敵雷達正在找尋自己。

在尚未再次受到敵機的攻擊之前，若不發射空鷹反艦飛彈，就無法還擊。

搜敵雷達上映出了敵人艦隊的身影。距離一二〇公里。勉強進入射程內，雷達捕捉到目標。

鎖定目標。吳中尉調整呼吸，按下發射按鈕。

「發射！」

黑影從機身下衝出，機身頓時變輕。空鷹反艦飛彈彈體火箭的火點燃，拖著白色煙尾飛翔而去。拉起操縱桿。開始上升。越過ＨＵＤ，看著前方。

雷達捕捉到在左上空的敵機，在十一時方向看到矮胖如熊蜂般的機身上升。

鷂式戰鬥機！

吳中尉將操縱桿往左倒，追趕敵機，再繼續上升。打開風門。

空鷹反艦飛彈比較重，兩翼只有兩枚空對空飛彈，不能夠搭載過重。

武器開關切換爲接近格鬥戰的射擊方式。二十釐米機關槍的裝彈數五百發。敵人的機身只要碰到一發子彈就會粉碎。

敵機好像察覺到被追蹤，於是停止上升，急速轉彎，並開始反轉。吳中尉趕緊移動操縱桿，追蹤敵機。

別逃！我一定要爲隊長機報仇。吳中尉緊咬著嘴唇，配合鷂式戰鬥機的空中機動行動，時而急速轉彎時而反轉，一定要忍耐G字型的身體姿勢。

機身突然進入準星的範圍內，但是立刻又脫離了。敵機的飛行員將機身上下左右激烈的搖晃，讓準星無法鎖定目標。

敵機的機身豎立，利用機身慢慢減速。

這是大好機會。敵機的機身進入準星的範圍內，但是瞬間又消失了。

這是怎麼一回事呀？吳中尉感到很焦躁。瞬間，吳中尉的飛機掠過敵機上方飛翔而去。敵機急速下降，好像消失了蹤影。

吳中尉隔著座艙罩，看著背後。鷂式戰鬥機懸滯在空中。接著，敵機的機頭開始追蹤吳中尉機。吳中尉趕緊俯衝，朝左急速轉彎。在迅速下降中閃躲敵機的追蹤，但是對方緊追不捨。

既然敵機會用這個方法，當然我也有我的辦法。

6

伊吹隊長目送掠過身邊的亞克布雷夫離去。擦身而過的亞克布雷夫開始急速旋轉。

糟了，並沒有看到亞克布雷夫所搭載的反艦飛彈，難道已經朝向艦隊發射了嗎？

伊吹隊長一口氣打開風門。鴿式戰鬥機的機身懸停在原地，然後發出轟然巨響往前衝。立場顛倒過來，追趕亞克布雷夫。HUD上接觸的文字閃爍著，武器開關切換爲槍砲方式，隨時都可以發射火神式高射砲。

敵機急速下降，開始急速上升。一邊旋轉，同時似乎要引誘伊吹衝向它。

伊吹冷靜的搖動操縱桿。雖然敵機的機影進入準星的範圍內，但是立刻又脫離。伊吹不斷的活動操縱桿，一邊反轉，一邊跟在敵機的背後。

敵機將機身垂直，踩住煞車。想要讓自己衝過對方！

伊吹也拉起機頭，關上風門，保持機身直立，突然急速煞車，但還是超越了亞克布雷夫的身邊，衝倒它的前方。亞克布雷夫的機身打算恢復水平。

這時矢吹打開風門，轉爲急速上升。亞克布雷夫見狀也打算上升。握著操縱桿的矢吹開始垂直旋轉。鷂式戰鬥機的機身變成了背面，一邊旋轉一邊開始下降。

矢吹隔著座艙罩瞪著亞克布雷夫，亞克布雷夫慌慌張張的想要加快速度。

矢吹的機身朝向亞克布雷夫。亞克布雷夫的機影進入了準星範圍內。亞克布雷夫才開始上升，即使想逃，行動也很緩慢。

在HUD的圓形準星範圍內，看到表示敵機機影的四方形格子進入，標示變成紅色。

鎖定。矢吹輕拉扳機。曳光彈朝前方飛出，被吸入亞克布雷夫的機體中。

白煙從亞克布雷夫的機體噴出，緊接著機體噴出煙霧，朝四面八方飛散。

「擊落！」

矢吹大叫著。亞克布雷夫的機體在空中飛舞，衝入雲間。

突然，座位彈出，成爲點落在雲間，看到雪白的降落傘打開了。

「是二號嗎？」

『是我。』

二號機宇崎海軍上尉的聲音傳來。隔著座艙罩看右後方，可以看到宇崎機跟了過來。HUD上並沒有顯示近距離的敵機機影。藍天上的幾條黑煙帶消失在眼下的雲間。

「藍色一號呼叫全機，檢查燃料。」

矢吹看著燃料計。在格鬥戰中會消耗掉大量的燃料。雖然燃料量足以回到母艦，但是，不能夠再追擊敵機了。

「隊長機呼叫藍色全機，有沒有損害？」

『二號』『三號』『四號』

二、三、四號機都無異狀。

『六號呼叫藍色一號。』

六號機的溝口海軍准尉回應。

「如何呢？六號。」

『五號被擊落了。六號中彈。燃料外漏。要求准許脫離戰場回航。』

「了解。六號立刻脫離戰場，回到母艦。」

矢吹說著，讓飛機旋轉。

「報告戰果。」

『二號確認擊落一架。』『四號確認擊落二架。』『三號擊落一架，不過未確認！』『五號擊落一架，六號擊落一架，不過也未確認。』

矢吹覺得很滿意。包括自己擊落的一架在內，敵人編隊八架當中，有七架被收拾了。當然其中的二架尙未確認，但是，敵人的攻擊隊大致已經瓦解了。

利用雷達找尋二〇二空的位置。

「紅色一號請回答。」

無線電的頻道更換爲二，呼叫岸本隊長機。雷達上映出二〇二空的機影。

在西北方五公里附近，正和數架敵機在交戰中。

『這裡是紅色一號。』

「藍色一號呼叫紅色一號。擊退查理。情況如何？」

「擊落四架敵機。我方損害二架。還有六架敵機。殘彈不多，請求支援。」

「了解。」

矢吹將無線電頻道更換爲三。

「呼叫藍隊全機，趕往支援紅隊。無線電頻道更換爲二。」

矢吹大幅度旋轉，機頭朝向西北。部下們陸續回答了解。

『航空司令呼叫迎擊隊各隊長。』

「我是紅色一號，請說。」

矢吹看著ＨＵＤ搜敵雷達上所捕捉到的敵機。武器開關切換爲近距離制導彈方式。

『第四波的敵機朝著這兒來了。各隊不要緊追敵機，儘快脫離戰場回航。』

敵機第四波來到了嗎？矢吹看著HUD上射程範圍內的文字，點了點頭。

「了解，不會緊追，立刻撤退。」

鎖定了敵機的機影。紅外線搜索器發出了確認敵機的電子音。

矢吹按下制導彈發射按鈕。90式導彈從機翼的兩端朝前方飛去。

7

雖然海洋上還有波浪，但是風雨已經停了。

共同護衛隊群艦旗艦宙斯頓DDG「金剛」，將第二戰速的二一節放慢速度航行，與從東邊趕過來的第七艦隊第五航空母艦戰鬥群並肩齊步。

『捕捉到反艦飛彈！有四枚。距離是一百公里。全彈衝向我艦隊而來。是由亞克布雷夫發射的空反艦飛彈。』

聽到CIC室的通報。一乘寺司令從座位上站了起來。艦隊參謀長白洲海軍上校命令通信兵。

「傳達命令到全艦。準備反艦飛彈戰鬥！絕對勿讓飛彈靠近艦隊。」

通信兵複誦。向井艦長冷靜的命令在艦橋上的士官們。

「準備反艦飛彈戰鬥！」

艦內的蜂鳴器響起。

『準備發射標準飛彈。』

CIC室告知。艦隊防衛的防禦線最外側三十公里圈，宙斯頓DDG「金剛」、DDG「島風」、DDG「旗風」擁有SAM標準2。

當敵人的反艦飛彈接近艦隊時，三次元雷達可以計算出飛彈的位置和航向等，自動選擇最適當的防禦武器來應付。

三十公里圈，指的是雷達可以看到的距離圈外，因此，必須利用偵察直升機進行水平線外測，所以，在艦隊上空經常有兩架偵察直升機在飛行。

『完成發射準備。』

CIC室告知。

「司令，接到『渥美』和『根室』航空司令的報告。擊落十二架敵機。敵機撤退。我方損害三架。一架嚴重受損，回到母艦『渥美』，而被擊落飛機的三名飛行員，已經確認都逃脫了。」

通信兵大叫著。

「派出救援機了嗎？」

已經派三架偵察直升機趕往現場，救援飛船（船身式水上飛機）也已經從那霸基地出發，趕到這兒來了。

「好。」

一乘寺司令點點頭。接到ＣＩＣ室的報告。

『敵人飛彈距離接近爲六十公里。發射標準飛彈。』

戰鬥態勢標示盤的ＳＭ—２的燈亮起。

一乘寺司令和白洲海軍上校看著前甲板的ＶＬＳ。蓋子已經打開，警告的蜂鳴器響起。從蓋子裡冒出了白煙。

傳來震耳的轟隆聲，標準飛彈ＳＭ—２的黑色彈體陸續從白煙中飛出，飛向天空。「島風」、「旗風」的艦上，也各有一枚標準飛彈的白煙往上噴。

『完成海上麻雀發射準備。』

ＣＩＣ室告知。

萬一標準飛彈ＳＭ—２沒有射中對方的飛彈，則搭載在ＤＤ和ＤＤＨ上的短Ｓ

ＡＭ飛彈以及海上飛彈就要出場了。這種飛彈可以迎擊進入二十到二十五公里圈內的飛彈。

緊急的警告蜂鳴器響起。一乘寺司令看著戰鬥態勢標示盤。潛艇儀表板上的燈亮起。

『潛艇情報。發現偵察機和複數的敵艦。』

ＣＩＣ室告知。

琉球那霸基地的第五航空群第五航空隊和第九航空隊，以及第三一航空群第八航空隊的Ｐ－３Ｃ總計十八架，在共同護衛隊群周邊進行反潛警戒。

「真的有敵人潛艇嗎？」

一乘寺司令看著白洲艦隊參謀長。

「敵艦的位置呢？」

「朝向北北西，距離七十公里附近。」

一乘寺司令從座位上下來，看著海圖，以了解從東京指揮所那兒所得到的位置情報。

『飛彈會敵時刻。』

ＣＩＣ室告知。一乘寺抬起頭，側耳傾聽。

沉默的時間慢慢流逝，聽到ＣＩＣ室以急促的聲音說道：

『四枚都命中敵人的飛彈！』

一乘寺司令鬆了一口氣，慢慢的重新坐回椅子上。

「不可以掉以輕心，才剛開始交戰呢！」

8

中國北海艦隊第一潛艇戰隊所屬Ｒ級潛艇「海虎」45號在海底著床，屏氣凝神的等待著敵艦來到附近。

深度二一九公尺。

艦長孟海軍少校坐在操縱室的位置上，有點想要打瞌睡了。爲了節約電池的電力，艦內只亮起紅色的緊急燈，顯得微暗。

船員們待在各自的地方睡覺，盡量不增加氧呼吸量。艦內的空氣汙濁，讓人覺得呼吸困難。

已經待在海底超過二十四小時。通常必須上浮，讓換氣裝置作動，吸入新鮮空氣，更新艦內的空氣。但這次則爲了躲過敵人的耳目，故不得不這麼做。

直到剛才爲止，在海中響起數十次魚雷和深水炸彈等爆炸聲，似乎與敵人潛艇之間正在進行交戰。

可能敵艦發現我方艦，而進行攻擊吧！一旦被敵艦發現，則像這種舊式潛艇實在無法發揮作用。唯一能夠做的，就是不斷的忍耐，等到敵人的艦隊到來爲止。

孟艦長張開眼睛，看著部下。

大半的船員是從海軍退役、年長的前潛艇船員。船員的規定人數是八十人，不過現在只載了一半，也就是四十名船員，因此氧的消耗量比較少。

能夠長時間潛水，所以魚雷室也準備了幾瓶水肺。一旦艦內缺氧時，就可以打開水肺瓣。

孟艦長嘆了一口氣。如果是核潛艇，則不需要上浮至接近水面的地方換氣，可以潛航一、二個月。

但是，使用柴油引擎的普通型潛艇，一定要換氣。一天必須要浮上去一次。

副長張大尉，慢慢的從蓄電室走了回來。

「蓄電器的情況如何？」

「緊急燈用的電池快用完了。」

「還可以撐多久？」

「不到一個小時。」

孟艦長看著船員們痛苦的樣子。似乎個個呼吸困難，在那兒喘著氣。空氣相當汙濁。如果要發揮空氣清淨機的作用，就必須要使用電池。一旦消耗掉電力，則等到作戰時就無法發揮作用了。

「好，那麼就先打開兩瓶水肺吧！」

孟艦長下達命令。剩下的四瓶水肺，可以支撐兩個小時。如果四瓶都用完，那麼就算是冒著危險也必須要浮上去。

「打開兩瓶水肺。」

副長都上尉複誦，按下換氣裝置電源的按鈕。開放魚雷室的水肺瓣，艦內流入新鮮的氧。

船員們趕緊用力吸空氣中的氧。

聽到「鏗」敲打著艦外殼的聲音。

「艦長！聲納探測器有複數音。」

音響探測要員小聲的說著。艦長來到音響探測要員的身邊，耳朵貼著耳機，耳機中傳來吵鬧的聲納音。

「都是驅逐艦。有三艘。一艘方位一五〇，距離三十公里。另一艘方位一一〇，距離三十公里。第三艘方位〇九五，距離三六公里。高速朝這兒衝過來。後面則傳來好像巨艦一般的螺旋槳音和引擎音，可能是四艘航空母艦或巡洋艦吧！」

「終於來了嗎？」

孟艦長慢吞吞的站了起來，和副長一起看著桌上的海圖。航海長在海圖上塡上驅逐艦的位置和航路。

我方潛艇散置在鳳凰作戰的作戰海域中。僚艦「海虎」47號、50號、41號、R級潛艇「海狼」一四〇號，由南向北，好像畫弧似的撒下網子。

敵人艦隊以驅逐艦爲首，慢慢的朝這路線衝了過來。

「按下電源！」

複誦聲響起。艦內的照明亮起，變得燈火通明。

「魚雷長，裝塡魚雷，準備魚雷戰。」「準備魚雷戰。」

陸續按下電源，魚雷發射儀表板的燈亮了。

「艦長，附近有敵人的潛艇。」

音響探測要員耳朵貼著耳機，小聲的說著。全體船員都豎耳傾聽。

「方位呢？」

「一〇五。」

在艦的右斜方。孟艦長小聲的問道：

「距離呢？朝哪兒去？」

「距離一千公尺，深度二百，大約以二十節的速度朝這兒過來。」

「艦種呢？」

「可能是核潛艇。」

美國海軍的洛杉磯改良型核攻擊潛艇吧！低速時，螺旋槳音非常小，艦身的性能提高。艦的塗料也能夠吸收聲納音。

「全部肅靜。」

孟艦長小聲說著。再度來到音響探測要員的身邊，聽著耳機。感覺好像有東西在移動似的。

「距離五百。稍微改變方向了。」

音響探測要員輕聲說道。敵人尚未察覺。聲納音不斷的敲打著船艦，都是投向驅逐艦或海中的浮標所發出的聲納音。

「好像打算橫越過我們。」

音響探測要員小聲說著。孟艦長在心中想像著艦外前方的情況。

「艦長，完成魚雷發射準備。」

副長耳語著。孟艦長看著副長。

如果朝通過眼前的核潛艇發射魚雷，命中率相當高。對於沒有制導魚雷的「海虎」45號而言，是攻擊核潛艇絕佳的機會。

「怎麼辦？」

副長的手擺在發射按鈕上。孟艦長猶豫了。

孟艦長所接受的命令是攻擊第七艦隊的航空母艦部隊。如果在這裡攻擊核潛艇，則會使得隨後跟來的航空母艦隊保持警戒心。

「等一等，不要發射。」

「敵人的潛艇稍微遠離了。」

音響探測要員告知。副長放棄似的點了點頭。

驅逐艦所發出來的聲納音錯綜複雜。各處傳來複雜的聲納音，因此，不易掌握敵人的所在地。

「距離越來越遠了。距離一千。」

孟艦長擦拭著汗水。艦內的溫度不斷上升。因爲沒有換氣，故二氧化碳增加了。

僚艦的艦長和船員們如何呢？是不是也會感到不安，同樣屏氣凝神的躲在深海中呢？

對中國而言，這次的戰鬥相當重要，出發前海軍參謀長劉大江就已經直接訓示過他們了。

如果這場海戰失敗，中國將完全喪失在東海的制海權，包括台灣本島和琉球群島的主權都會喪失，不僅如此，也將喪失了中國在南海的領海權。

如果在這場海戰中能夠殲滅美國海軍第七艦隊，那麼，將可以半永久的掌握東海的霸權。日本海軍擁有近代的化裝備，那是因爲有美國海軍幫助的緣故。如果日本海軍失去後盾，則根本不是我國的敵人。

孟艦長看著屏氣凝神的船員們。他們幾乎都是比自己年長的海軍工兵，其中還有很多禿頭、白髮的老年人。

現役的潛艇船員，只有副長或航海長等一部分的幹部。像魚雷長等下士官兵、音響探測要員和操舵員等，全都是年長者。

「艦長，距離拉到了七千以外。」

「很好，稍微再等一會兒。等到距離十公里再開始移動。」

孟艦長命令操舵員。操舵員複誦。

「到底要做甚麼？」

「不能老是按兵不動呀！我們也必須要熱烈的歡迎第七艦隊，讓他們成爲火球吧！」

孟艦長很有自信的對副長說。

9

西方的天空晴朗的範圍逐漸擴大。雖然海上仍有波浪，但是，已經不會妨礙飛機在航空母艦上的起降了。

「各艦發射巡航飛彈。」

負責攻擊的士官告知。

詹姆士・馬歇爾海軍中將坐在旗艦藍山脊的司令官席上，用望遠鏡看著宙斯頓巡洋艦「銀行山號」與「移動灣號」。

現在「銀行山號」和「移動灣號」的艦上，巡航飛彈戰斧冒著白煙升向天空。

在遠處的宙斯頓巡洋艦「長塞拉茲比爾號」與宙斯頓驅逐艦「卡提斯・威爾巴號」艦上的巡航飛彈也飛向天空。

都是朝向中國本土的中國空軍基地飛翔的反擊。想要擊潰連續派出三波攻擊機的中國空軍基地，不讓攻擊機再度進攻。

「到達時間呢？」

馬歇爾司令官詢問。

「距離最近目標到達時間爲四十分鐘，距離最遠的目標大約一小時十分。」

負責攻擊的士官回答。蜂鳴器響起。

『與中國艦隊的距離一八六哩（約三三四公里）。』

擴音器中傳來CIC室的聲音。

「尼米茲大黃蜂攻擊隊出發。」

通信兵告知。

「好，祝他們好運。」

馬歇爾司令官看著並行的航空母艦「尼米茲」和「小鷹號」。航空母艦飛行甲板上的F／A－18讓大黃蜂陸續起飛。大黃蜂的機身下吊著魚叉反艦飛彈。

在上空護衛的F－14熊貓編隊已經在那兒盤旋待命。

因爲天候惡劣，因此，載著有重量的反艦飛彈大黃蜂攻擊機的出發相當危險，所以暫時不能夠攻擊中國艦隊。

可是天候已經恢復，現在輪到我們攻擊了。

「小鷹號・大黃蜂攻擊隊出發！」

通信兵叫道。

大黃蜂攻擊隊進入魚叉射程一五〇公里圈內，對於中國艦隊發射反艦飛彈，徹底予以擊潰。同時，在前方展開的核潛艇部隊也要對著中國艦隊發射反艦飛彈。

「艦長，接到潛艇『芝加哥』的緊急電報。在本艦隊前方海域發現複數的R級敵艦，擊沉了二艘。此外，可能還存在沒有被擊沉的敵艦，要我們嚴加警戒。」

通信兵大叫著。斯特爾艦長點了點頭。

「回電說了解了。聲納室，有沒有發現敵艦的回音呢？」

『目前沒有發現敵艦。』

馬歇爾司令官詢問CIC室。

「『芝加哥』在何處？」

『艦隊的北北西，距離四十哩（約七十二公里）。』

中國艦隊爲了防衛艦隊，一定在前方展開許多潛艇。不只是在海上和空中，也可能會展開海中的戰鬥。

馬歇爾司令官對於即將到來的與中國艦隊之間的最後決戰，重新燃起了鬥志。

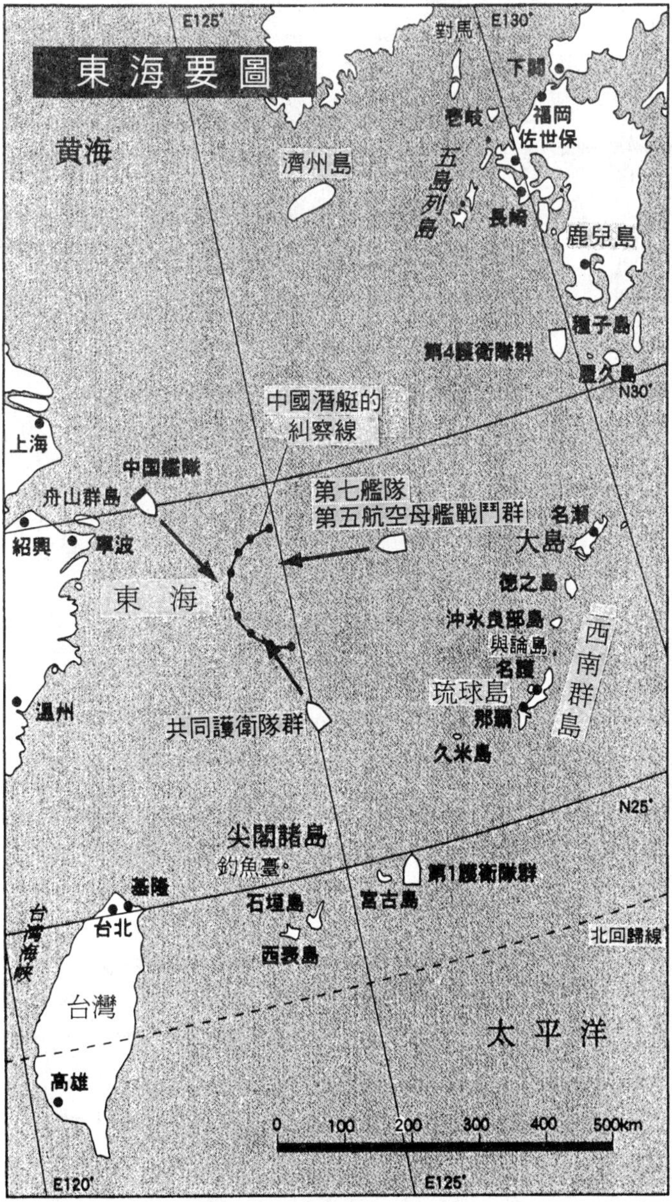

東海要圖
E125°
E130°
對馬
下關
壱岐
福岡
佐世保
黄海
濟州島
五島列島
長崎
鹿兒島
種子島
第4護衛隊群
屋久島
N30°
中國潛艇的
糾察線
上海
中国艦隊
舟山群島
第七艦隊
第五航空母艦戰鬥群
名瀨
大島
紹興
寧波
東　海
德之島
沖永良部島
與論島
西南群島
名護
琉球島
溫州
那覇
共同護衛隊群
久米島
N25°
尖閣諸島
釣魚臺
第1護衛隊群
基隆
石垣島
宮古島
台灣海峽
台北
北回歸線
西表島
台灣
太平洋
高雄
0
100
200
300
400
500km
E120°
E125°

10

反潛巡邏機P—3C在現場上空大幅度盤旋，投到海面的煙幕罐放出黃煙。

有好幾架反潛直升機SH—60J在周邊海域巡邏偵察。

國松艦長從護衛艦「春雨」的艦橋，用望遠鏡看著還有一些波浪的海面。看到數艘救生艇漂浮在波浪之間。

潛艇「冬潮」救生艇上的船員們正在揮手。

先前已經到達同一海域的「霧島」放下救生艇，朝著救難信號煙的方向衝過去。降落到水面的救援飛船US—1A靠向救生艇，船員們將受傷者運到機內。

『發現潛艇！二艘。』

CIC室報告。

「在哪裡？」

國松艦長大叫著。

『接觸編號一四三。方位三二〇，深度一二〇。距離五千。對於敵我辨識信號並沒有回應。』

敵人的潛艇潛伏在此處。

「還有一艘呢？」

『方位〇二〇，深度四百。距離四千。對於敵我識別信號也沒有回應。登記編號為一四四。』

『兩艘都是敵艦嗎？』

「艦長，接到『霧島』的聯絡。讓『春雨』攻擊一四三。」

「回答了解了。」

國松艦長說著。

『……有了。接到一四四的回答。是我方同志。』

CIC室的聲音傳來。

『一四四是美國海軍核潛艇「芝加哥」。』

「一四三沒有回應嗎？」

「沒有，是敵人的潛艇。」

CIC室的報告中插了其他的無線電通訊。

『這是一〇九。發現敵艦，要求准許攻擊！』

這是來自巡邏直升機一〇九號的通報。一〇九號是由「春雨」所搭載的巡邏直升機。

「好，立刻攻擊！」

國松艦長大叫著。在左前方的巡邏直升機開始懸停。螺旋槳捲起的風使得海面上又再度掀起了波濤。

『探測到四次來自一四三的魚雷發射音！』

CIC室大叫著。

「朝向哪裡？」

『朝向本艦！四枚都朝向這兒來了。』

「趕緊掉頭。全速前進！左滿舵！」

國松艦長大叫著，聽到複誦聲。「春雨」逐漸加快速度，船頭朝左掉頭。

『魚雷高速接近，四枚並排朝這兒衝了過來。距離三五〇〇。』

「是制導魚雷嗎？」

『還不知道。』

如果是普通的魚雷，應該閃躲得掉。萬一是制導魚雷，則光是改變航向是躲不掉的。

「發射模擬彈！」「發射模擬彈！」

操舵員複誦。模擬彈由前甲板發射到前方海中。模擬彈是指，衝到進行方向，引誘接近的制導魚雷而使其爆破的假魚雷。

在這段時間內，本艦就可以掉頭閃躲魚雷。

「發射氣泡模擬彈！」「發射氣泡模擬彈！」

從甲板上砰砰發射出去的氣泡模擬彈飛向海面。一旦氣泡模擬彈落入海中時，就會噴出大量的氣泡，形成氣泡壁以欺瞞魚雷的活動聲納。

『魚雷接近，距離二千。』

CIC室冷靜的說著。

「右滿舵。維持原速。」

操舵員複誦。船頭慢慢的朝右掉頭。

『艦長，是普通型魚雷，沒有聲納音，距離一千。』

「很好。」

國松艦長擦拭著額頭上的汗水。

「魚雷的方向呢？」

『航向還是相同。距離八百。朝這兒來。』

「方位呢?」

『〇二〇!』

『左滿舵,方位〇二〇。』

國松艦長大叫著。聽到複誦聲,船頭朝〇二〇的方向。

船身並沒有朝向側面,反而是船頭朝魚雷衝過來的方向縮小標的。

『距離四百。還在接近中。』

國松艦長用望遠鏡看著前方的海面。在灰色的海面上並沒有發現魚雷的軌跡。

『急速接近,距離一百、八十、五十……。』

艦橋上的人全都站了起來,看著艦橋周圍。兩條白色的軌跡無聲無息的掠過了左舷和右舷。

『魚雷通過。』

瀰漫著一股輕鬆的氣氛,但這時又陸續聽到爆炸聲。

國松艦長用望遠鏡看著前方。在三、四千公尺前方的海面上,濺起白色的水花,上空則有反潛巡邏直升機盤旋。

『制導魚雷命中敵艦。擊沉。』

CIC室告知。艦橋的要員們歡聲雷動。

國松艦長叫道：

「第三戰速。趕緊救出『冬潮』的船員們。航向〇三〇。」

操舵員複誦。

「春雨」放慢速度，趕往遇難現場。

「準備放下救生艇。」

救援飛行船發出轟隆的聲音，從右前方的海面滑向海面。先收容重傷者，再將他們載運到基地去。救援直升機懸停在救生艇的上空，救起了每位船員。

另外兩艘橡皮艇上的船員們在揮手，國松艦長心中大叫著「再等一會兒」。

11

特攻潛艇「海虎」45號，以六節的速度航行。

「艦長，到潛望鏡的深度。」

操舵員告知。

「電動機停止。」「電動機停止。」

孟艦長下達命令。聽到複誦聲。

船艦的活動慢慢停了下來。這時候孟艦長命令：

「升起潛望鏡。」

潛望鏡升起。孟艦長趕緊彎下腰，打開方向機轉輪，藉著潛望鏡看海上的情況。副長張上尉立刻下達命令。

「放出吸氣筒。」「放出吸氣筒。」

聽到船員的複誦聲。通氣管裝置作動，呼氣筒升到海面。新鮮的空氣從呼氣孔進入艦內，船員們不斷的深呼吸。

「放出雷達。」「放出電探。」

電波探測裝置升出水面。這是可以接收到敵人的巡邏機等所發出的雷達波的裝置。孟艦長環視海上，確認沒有敵艦的船影，但是，也不能因而安心。因爲潛望鏡的視野只在距離海面不滿一公尺高度的範圍，只能看到近距離的船影。

「感測到雷達波，有巡邏機。」

雷達要員叫道。

「在附近嗎？」

「不，不在附近。」

「放下潛望鏡。」

放下潛望鏡。在下潛之前，要知道敵人艦隊的所在地。孟艦長下定決心。

「伸出雷達天線。」「伸出雷達天線。」

聽到複誦聲。

「艦長，太危險了。」

張副長叫道。

放出雷達波探測周圍，一定也會被敵人的電波探測裝置探測到找方向雷達波。

「我知道這麼做很危險，但是，一定要讓雷達找出敵艦的位置。」

雷達要員讓雷達天線繞了一巡，探測周圍的情況。

「探測到巡邏機！」

雷達員告知。

「九點鐘方向，距離七千公尺。」

「放下天線。」「放下天線。」

「啓動電動機。全速前進。」「啓動電動機。全速前進。」

「收起吸氣筒。」「收起吸氣筒。」

「急速潛航，降舵二十度。」「急速潛航，降舵二十度。」

孟艦長大叫著。告知潛航的蜂鳴器響起。船頭傾斜，持續在海中潛航。

「到達深度二百為止。」「到達深度二百為止。」

孟艦長和副長張上尉靠近雷達要員身邊。

「知道敵艦的位置嗎？」

「在方位一四〇有很多艦影。」

雷達螢幕上記錄著當天線繞過一巡時所探測到的船影。在東邊的方向看到複數的船影。

「距離呢？」

「一萬二千公尺。」

雷達要員告知。孟艦長用力的點了點頭，要發射魚雷，距離還太遠了呢！

「探測敵人的聲納音。」

「來自何處？」

「方位一四〇，是驅逐艦。複數艦。最短距離十公里。」

「艦長，巡邏機接近！」

另一位音響探測要員大叫著。

被發現了嗎？孟艦長緊咬著嘴唇。

「深度一百。」

操舵員告知。孟艦長腳踩在傾斜的船底，眼睛瞪著天空。

「好像敵機在巡邏。」

音響探測要員摀住耳機叫著：

「深度一五〇。」

孟艦長看著深度計。如果真的被敵人的巡邏機發現，就會受到制導魚雷或深水炸彈的攻擊。如果深水炸彈在近距離爆炸，那麼，這老朽艦的艦身就會龜裂、浸水無法再上浮了。

「深度二百！」

「探測到聲納浮標投下音。」

一旦投下聲納浮標，在周圍產生活動聲納，就可以探測到潛艇的位置。

「恢復水平。」「恢復水平。」

「電動機停止！」「電動機停止！」

潛艇利用惰性慢慢的移動。如果急速移動，就會被對方察覺到是潛艇。

「無音靜止。」

電動機停止，艦內一片寂靜。全部的人都停止活動，避免發出聲響來。終於聽到亢亢的聲音響起，活動聲納音敲打著船艦。

「艦長，再這樣下去會被發現。應該先微速前進再潛航。」

「不行。還是保持這種狀態。敵人已經設下圈套，一旦敵人艦隊進入射程內，就要立刻攻擊。如果再往下潛入，就無法動彈了。」

孟艦長豎耳傾聽聲納音，好像能夠看穿艦壁外的情況似的，一直看著艦壁。

12

中國艦隊航空母艦「北京」的艦橋，響起嘈雜的聲音。

艦隊司令員關海軍少將看著風雨已經停止的海洋。航空母艦「北京」的飛行看板，陸陸續續有蘇凱27戰鬥機降落。噴射引擎特有的金屬音響徹艦橋。

『敵機編隊接近。距離一五〇公里。』

戰鬥情報管制室的聲音，透過內部對講機傳來。

「司令員，是美國海軍的攻擊機。這一次可能會發射反艦制導彈。」

參謀長喬海軍上校，向司令員關南軍少將報告。

「我方的迎擊隊呢？」

「不久之後，我空軍戰鬥機隊就會到達現場，迎擊敵人。」

飛行甲板上傳來轟隆的聲響，蘇凱27戰鬥機大幅度彈跳，同時降落。

航空參謀少校報告。

「來自本土的補充飛行隊陸續到達。」

喬上校看著停在眼前飛行甲板上的蘇凱戰鬥機。蘇凱結束降落之後，之前一直在等待的亞克布雷夫戰鬥機也降落了。

喬上校用望遠鏡看著僚艦的航空母艦「大連」。在「大連」的飛行甲板，蘇凱27戰鬥機和亞克布雷夫垂直起降戰鬥機也降落了。都是從本土基地飛來的新編成的航空母艦飛行隊。

出發進攻日本艦隊的艦載機隊和敵人的迎擊機展開激烈的空戰之後，有一些日本海軍軍機受損，但我方則蒙受更大的損失，因此，必須調派進行陸上訓練的飛行隊補充武裝。

『我方開始迎擊。與敵機的距離二百公里。』

傳來戰鬥情報管制室的聲音。

「敵機的種類和數目呢？」

關司令員詢問。

『護衛機是熊貓。攻擊機隊是大黃蜂。根據海鷗的觀測，架數約五十架。』

關司令員點了點頭。我方迎擊隊從陸地起飛的殲擊7戰鬥機和殲擊10戰鬥機共七十架。就架數而言，我方佔優勢。

F/A18大黃蜂攻擊機一旦在射程內，就可以發射反艦飛彈。在此之前，希望我方能夠擊落對方的飛機。

「參謀長接到來自鳳凰的密碼電報。」

通信兵跑到喬上校身邊。

「寫甚麼？」

「『鳳凰叫了』。『鳳凰叫了』。」

通信兵滿臉笑容。

喬上校回頭看著關司令。

「司令，潛艇隊司令發現敵艦了。」

最初發現敵人艦隊的艦，要以「鳳凰叫了」作爲聯絡的暗號。

「哦，是嗎？看來第七艦隊終於上當了。」

關司令用力的點點頭。

喬參謀長趕緊看著情況標示板的海圖。在以北緯二八度〇分東經一二四度三十分爲中心的範圍內，總計約五十四艘潛艇形成橫向的半圓狀展開。

「鳳凰的位置呢？」

「在這附近。」

負責攻擊的幕僚指著半圓狀下方的一角。

「比預定的情況更大幅度的繞到南方去了，可是，這樣反而更容易攻擊敵人的艦隊。」

「若第七艦隊維持這樣的航向西進，就會進入南半邊的網中。這時，北半邊的船艦趕緊南下，從側面攻擊敵艦。但是，現在必須先拖延第七艦隊的西進，立刻開始攻擊。這樣就可以拖延第七艦隊的速度，讓北半邊的船艦有時間趕來。」

喬參謀長對關司令說著。關司令點頭說道：

「好，開始攻擊，但是，報告的船艦是甚麼名字？」

「海虎45號。」

通信兵叫道。

「艦長呢？」

「孟少校。」

「好，我會記住孟少校的名字。如果少校平安無事的回去，一定要為他記上一個大功。喬參謀長，通知全潛艇七艦隊的位置，下達攻擊命令。」

「知道了。」

喬上校握著戰鬥情報管制室的麥克風。

「管制官，開始鳳凰作戰。利用音響通信聯絡各艦『鳳凰飛吧』。」

「了解，會聯絡各艦『鳳凰飛吧』。」

『鳳凰飛吧』是開始攻擊的命令。

「通信兵，將同樣的電文傳送到各艦。」

喬參謀長命令負責通信的士兵。

「了解。」

負責通信的士兵趕緊飛奔到通信位置。這時通信兵大叫道：

「接到迎擊隊長的報告！」

「說甚麼？」

「敵人的攻擊隊發射多數反艦制導彈，要我們多加警戒。」

關司令露出難看的表情看著喬參謀長。

航空司令海軍中校的臉色大變，對通信兵說道：

「迎擊失敗嗎？報告損害。」

「雖然我方奮勇不懈的和敵機交戰，但是我方損失甚大。真是遺憾，無法阻止敵人的攻擊隊，必須從戰場撤離。要求第二迎擊隊出動。」

喬參謀長看著航空幕僚們。

「損害的程度呢？」

「我方七十架中有三十八架被擊落，九架受損折返。」

「敵人的損害情況呢？」

「可能擊落了三十架敵機，不過無法確認。」

航空司令趙中校對喬參謀長和關司令員說著。喬參謀長看著關司令員說道：

「增援的飛行隊才剛到達，如果要補充燃料，就要立刻派去攻擊第七艦隊。敵機才剛迎擊第一波攻擊隊，燃料和彈藥不足，無法迎擊。這是擊潰第七艦隊的好機會。」

「這的確是好的作戰機會，立刻行動。」

喬參謀長馬上對航空參謀幕僚的海軍將校表現出支持的態度。

關司令員一邊喝著熱茶，一邊看著四十五歲年輕的喬參謀長。喬上校是比自己年輕十歲的晚輩，喬上校從上海海軍作戰部主任參謀的職務被拔擢，擔任北海艦隊參謀長。的確是劉大江海軍參謀長的引薦。

上海海軍作戰部認爲，喬上校是劉大江海軍參謀長給予最高評價的參謀將校。如果喬上校在這次的作戰中獲得成功，的確會被晉升爲海軍上校，進入總參謀部。

「立刻派出迎擊機。」

「好，准許出發。」

航空司令趙中校手抓著麥克風，命令在飛行甲板上補充燃料和彈藥的蘇凱和亞克布雷夫出擊。

『司令員，敵人多數制導彈接近。』

關司令員點頭。

「通信兵，命令全部艦隊準備反艦制導彈戰鬥。」

「命令準備反艦導彈戰鬥。」

通信兵大聲回答。

喬參謀長回頭看著艦長。艦長大聲的命令部下：

「全員就戰鬥位置。」

艦橋中瀰漫著一股緊張的氣氛。

終於開始決戰了。關司令看著依然有波浪起伏的大海洋，深深的吸了一口氣。

第三章　美日展開總反擊

1

東海戰鬥海域 一〇〇〇時

共同護衛隊群，爲了閃躲陸續攻來的反艦飛彈，拚命進行規避運動。

前面甲板上的一二七釐米五四口徑單管速射砲不斷的怒吼著，持續掃射逼近到上空的飛彈。鋁箔彈在空中破裂，撒下無數的銀箔。沒有被射中的一枚飛彈衝入鋁箔雲中爆炸。

宙斯頓護衛艦「金剛」的船身傾斜，向右轉。站在艦橋上的一乘寺司令手拿著望遠鏡，看著砲彈與飛彈交錯的海洋和天空。現在橫貫著正面方向，衝向護衛艦「夕霧」的反艦飛彈，被二十釐米CIWS彈擊碎，落入海中。

『突破飛彈的防御線！接近本艦！方位二五〇。』

CIC室告知。

「發現飛彈！十點鐘的方向。」

偵察員站在艦橋上大叫著。一乘寺司令用望遠鏡看著左斜方。

看到擦過海面的飛彈黑色彈體朝這兒猛衝。上方甲板的二十釐米CIWS近距離反空多槍身機關砲發出了怒吼聲。曳光彈好像被吸入黑色彈體中似的飛過。彈體瞬間粉碎，衝向海面，濺起白色水柱。CIWS的聲音停止。

『擊落反艦飛彈。』

CIC室告知。艦橋上瀰漫著如釋重負的氣氛。

一二七釐米五四口徑單管速射砲仍然盯著目標，自動吐出砲彈，但是，現在也突然停止攻擊。

『全彈被擊破。』

CIC室以平靜的語氣說著。

一乘寺司令終於放心了，看看周圍。上空有煙霧瀰漫。反艦飛彈和反空飛彈飛過航跡和砲彈炸裂的痕跡，形成煙霧瀰漫在上空。看著共同護衛隊群的僚艦，目前在可以看到的範圍內，並沒有發現任何一艘艦蒙受極大的損害。

「回舵。航向三四〇。」

向井艦長命令操舵員。

操舵員複誦，回舵。

「第三戰速。」「第三戰速。」

機械室確認速度已經降爲第三戰速。「金剛」停止掉頭，而其他的艦也停止規避運動，配合「金剛」的航向。

「報告損害。」

向井艦長大叫著。戰鬥態勢標示盤上，利用電光一目瞭然的表示出艦內各部的狀況。都是綠燈，表示受害狀態的紅燈並沒有亮起。

「各部報告無異狀。」

一乘寺司令對通信兵說道：

「艦隊司令呼叫各艦長，報告損害。」

通信兵複誦，將命令傳達給各艦長。終於接到了回答。

「『濱霧』機械室中彈，嚴重受損，發生火災。目前還在滅火，無法航行。」

「死傷者呢？」

「好像很多，詳細情況不明。目前『澤霧』和『村雨』前往救援。」

一乘寺司令趕緊到達艦橋，看後方的情況。

位置大約在正後方的「濱霧」冒起黑煙。僚艦「澤霧」來到「濱霧」的左舷，想要放下舷梯。而在右舷側則有「村雨」靠近。

一乘寺司令回到艦橋內，走向通信場所。

「我想利用無線電和『濱霧』艦長交談。趕快接上無線電話。」

通信兵將無線麥克風和耳機交給他。

「我是『濱霧』的角艦長。」

「喂！角艦長嗎？情況如何？」

「司令，真遺憾。在最後階段CIWS和速射砲都發生故障中了敵人的飛彈，現在已經無法航行了。」

角艦長頹喪的說著。

「不能航行？那麼受損情況如何呢？」

『機艙內大龜裂，部分泡水，受損程度爲二。』

「好，那麼先拖回基地，讓『朝霧』拖回去吧！」

『了解，謝謝。』

一乘寺司令嘆了一口氣。

如果由「朝霧」負責拖回「濱霧」，則環形陣型就會衰化。通信兵告知。

「司令，『雨霧』的前面甲板七六釐米六二口徑單管速射砲砲塔附近也中彈。雖然著火，但是現在已經撲滅了。『雨霧』的機艙並沒有受損，可以自力航行。」

通信兵報告。

「『雨霧』也中彈了嗎？」

一乘寺司令來到艦橋，用望遠鏡看著位在斜後方的「雨霧」。正如報告所言，「雨霧」砲塔附近的船舷好像被挖了一個大洞，船員們正在進行滅火行動。

「死傷者呢？」

一乘寺司令詢問通信兵。

「死者包括兩名官兵在內總共八人，輕重傷者十六人。難以處理的重傷患者趕緊利用救援飛船送到琉球。」

「通知『濱霧』、『雨霧』兩艦長，我已經了解了。是否已經要求救援飛船出動？」

「已經要求了。」

「好，辛苦了，持續作業吧！」

一乘寺司令回到艦橋。在艦橋上，艦隊參謀長白洲海軍上校正和作戰幕僚在討論著。

「怎麼回事？」

「司令，『霧島』、『倉間』、『春雨』終止救援『冬潮』。救出的船員現在收容在『倉間』和『春雨』上。」

「是嗎？那麼『冬潮』的情況如何？」

「真遺憾。」

白洲上校搖搖頭。

「艦長呢？」

「艦長野村中校並沒有被救出，跟著船艦一起沉入海底。『千朝』和26護衛隊不久之後就到達現場海域。」

潛艇救援艦AS四〇三「千朝」，搭載了深海救援艇DSRV。DSRV能夠在海中自航，到達沉沒的潛艇附近，救出船員。

26護衛隊則是海軍自衛隊佐世保地方隊的第26護衛隊，是由DDE「大淀」、DDE「千代」、DDE「戶根」三艘所編成的。

「希望能夠平安無事的救出他們，其他的船員呢？」

「救出四十一人，剩下三十四人還在艦內。」

一乘寺司令想起野村艦長，嘆了一口氣。

「『霧島』、『春雨』、『倉間』等到26護衛隊到達海域現場，再預定和本隊會合。」

「嗯！要求他們全速會合。」

一乘寺司令點頭。

「知道了。」

「雨霧」被飛彈擊中，中度受損。「濱霧」則嚴重受損，不能夠航行。而負責拖回「濱霧」的「朝霧」也脫離了本隊。共同護衛隊群減少為五艘。若「霧島」、「春雨」和「倉間」不儘早回到本隊，就無法對抗中國艦隊。

「現在放慢艦隊速度，等待『倉間』等三艘來會合。通信兵，將命令傳達各艦長。大家都非常努力，不過攻擊還沒有結束，不能夠掉以輕心，要努力持續防範敵人的攻擊。」

通信兵拿著電報紙，慌慌張張的跑過來。

「司令，接到來自東京指揮所運用本部的緊急通報。」

「甚麼事？」

「航向上的戰鬥海域潛伏很多敵人的潛艇，要求繞道。」

「甚麼海域？」

白洲上校詢問。

「以北緯二七度三十分、東經一二四度四十分附近為主的半徑一百公里範圍，敵人的潛艇好像在西邊呈半圓形展開，估計大約有五十艘。」

「甚麼？讓我看看海圖。」

一乘寺司令走向海圖。航海長以北緯二七度三十分，東經一二四度四十分的位置爲中心，用記號筆畫出半圓。一乘寺司令和白洲上校互相對看。

共同護衛隊群的航向就在這半圓的一端，而且第七艦隊第五航空母艦戰鬥群的航向也在半圓下半邊的附近，已經在十公里圈內附近。

白洲上校呻吟道：

「司令，一定要趕緊通知第七艦隊。」

「好，趕緊通知他們，希望還來得及。」一乘寺司令大聲的叫喚通信兵。

2

直到先前爲止，特攻潛艇「海虎」45號隨著海底附近強勁的海流移動，投入海面的聲納浮標發出的活動聲納音，一直好像輕撫過船艦表面，漸去漸遠。

深度二一〇。

「敵人艦隊，距離八千，方位一四〇。」

耳朵貼著被動聲納耳機的音響探測要員，靜靜的說著。

「艦長，感測到潛艇司令的音波信號。」

音響探測要員抬起頭來。孟艦長耳朵貼著音響探測要員遞給他的耳機。是使用聲納音的莫爾斯信號。

一三五，一三五，……，二三一，二三一。

副長張上尉遞出密碼表。

「說甚麼？」

「鳳凰飛吧！鳳凰飛吧！」

孟艦長和副長張上尉互相對望。

「特攻攻擊命令。」

一旦發出特攻攻擊（自殺性攻擊）命令，各潛艇要按照各自的判斷，利用所攜帶的魚雷全部發射攻擊距離最近的敵艦。

「通知全體船員，艦隊司令部對本艦下達了特攻攻擊命令。要覺悟到可能會被敵人發現，要採取捨身的攻擊。只有在敵人的艦隊完全被消滅的時候，才是我們能平安無事回來的唯一時刻。希望各位努力奮鬥，準備魚雷戰，準備發射魚雷。」

孟艦長朝著魚雷長的方向大叫著。

「艦長，已經做好準備，隨時都可以發射。」

魚雷長面露笑容的說著，他是擁有三十多年潛艇經驗的老手。對孟艦長而言，就好像是自己的親人。

孟艦長點點頭，命令操舵員：

「升舵二十度，方位一四〇，速力十二節。」

聽到複誦聲。

「到達潛望鏡深度為止。」「到達潛望鏡深度為止。」

特攻潛艇45號全速開始急速上浮。孟艦長緊咬著嘴唇。

盡量接近敵人艦隊附近來發射魚雷。原先潛藏在其他地方的僚艦，應該也會一起展開行動，同時進行飽和攻擊。這樣才能掌握鳳凰作戰勝敗的關鍵。

「深度一五〇。」

操舵員大叫。

「探測到敵人的聲納音。再這樣下去，會被敵人發現。」

音響探測要員大叫著。

「沒關係，全速前進。」

孟艦長踩在傾斜的地板上大叫著。

「當敵人因為我們的行動而動搖時，正是我們的機會。」

「深度一百。」

「有驅逐艦或巡洋艦。方位一四二。距離七千。」

音響探測要員告知。

「應該還有幾艘，再探查看看。」

潛艇持續上浮。

「深度八十。」

「艦長，探測到魚雷發射音！」

「從哪裡發射過來？」

「方位二四〇。距離三千。」

可能是敵人潛艇發射制導魚雷也說不定。孟艦長大叫著。

「來不及升到潛望鏡深度了。魚雷長，準備發射魚雷！」

「準備發射魚雷。」

魚雷長回答。

「確認最後方位，方位一四二。」「確認最後方位，方位一四二。」

「距離呢？」

「距離訂在六八〇〇。」「訂在六八〇〇。」

「完成魚雷發射準備。」「完成魚雷發射準備。」

副長的手擺在發射按鈕上。

「深度五十。」

音響探測要員告知。

「一號、二號發射，三號、四號發射！」

孟艦長大叫著。

副長複誦著，陸續按下按鈕。前面魚雷發射管連續響起了發射音。

「左滿舵！全速前進。」「左滿舵！全速前進。」

船頭大幅度旋轉。

「五號、六號準備發射。」

「完成準備發射。」

魚雷長回答。

五號、六號魚雷發射管安裝在艦尾，所以船艦可以背向目標，朝著目標發射魚雷。艦在海中旋轉，有時會形成完全相反的方向。

「深度三十，不久可以到達潛望鏡的深度。」

孟艦長命令：

「五號、六號發射！」「五號、六號發射！」

副長回答，按下按鈕。這次是從艦尾響起了發射音。

「潛望鏡深度。」

操舵員叫道。

「一號、二號、三號、四號魚雷準備發射！」

複誦聲響起。

「五號、六號準備使用欺瞞彈。」「五號、六號準備使用欺瞞彈。」

孟艦長命令升起潛望鏡。

「探測到聲納！有潛艇。」

「是敵艦嗎？」

「是同志，是『海虎』61號。」

孟艦長和張副長互相點頭。

「方位和距離呢？」

「方位二七〇。距離一萬公尺。」

音響探測要員回答。

升起潛望鏡。孟艦長抓住旋轉盤，眼睛看著鏡頭中的海洋。在波間可以看到遠處黑色的船影，那是巨大核動力航空母艦的艦影。

「艦長，魚雷接近。活動聲納在探測我們。」

「右滿舵，全速前進。」

孟艦長命令操舵員。操舵員複誦，將操縱桿往左倒。船頭向左。當船艦和敵艦正面相對時，孟艦長大叫著：

「回舵，保持正前方航向。」

「魚雷接近，是制導魚雷。」

音響探測要員叫道。

「發射欺瞞彈。」

孟艦長大叫著。副長按下按鈕。從後方的魚雷發射管響起了發射音。希望欺瞞魚雷能夠引誘敵人的制導魚雷。

「準備發射魚雷，確認最後方位。」

聽到複誦聲。魚雷長回答。

「完成魚雷發射準備。」

「以等間隔距離發射四枚，發射！」

「一號、二號、三號、四號發射！」

副長複誦著，陸續按下發射按鈕。孟艦長的腦海中想像著四枚魚雷以等間隔距離衝向敵艦。

「急速潛航！降舵二十度，全速前進。」

聽到複誦聲。孟艦長大叫著。

「左滿舵，快一點。」

操舵員複誦著，同時將操縱桿往右倒。船頭慢慢右轉。

「魚雷接近！魚雷接近！」

傳來音響探測要員的聲音。

3

核潛艇「芝加哥」趕緊掉頭。

「艦長，方位三二〇，也有接觸編號登記爲三四四，航軌指定編號爲二五七。

對於敵我識別裝置沒有回答。這也是敵人潛艇。」

聲納員大叫著。斯特爾艦長看著電子情況標示板。

「這到底是怎麼回事呀？」

在電子情況標示板上，顯示我方的藍色光點周圍，出現代表敵艦的紅色光點，而且逐漸增加。原先躲在海底的敵艦一起展開行動。

共有三十、四十艘，在半徑一百公里範圍內呈半圓狀散開。第七艦隊第五航空母艦戰鬥群似乎衝入這半圓區域內。

白色光點朝紅色光點急速接近，終於白色光點和紅色光點重疊。

「咚」的爆炸聲傳遍整個海中。

「命中音，擊沉敵人的潛艇。」

「艦長，這不是一腳踏入敵艦的巢穴中嗎？」

副長對著斯特爾艦長叫著。

「芝加哥」在第五航母戰鬥群左斜方的位置。在「芝加哥」的周圍可以看見七、八個紅點。

「接觸三一一、三二四、三〇七、三二一、二九九、三三〇，全都展開行動，是敵人的潛艇，開始急速上浮。」

「探測到魚雷發射音。方位〇一四。接觸編號三二一。攻擊第五航空母艦戰鬥群。」

聲納員大叫著。

「艦種呢？」

「都是R級。」

「不只是R級，應該會隱藏著千噸級，小心提防千噸級。」

「了解。」

「通知魚雷發射管室，準備發射一號、二號、三號、四號、五號、六號魚雷。」

斯特爾艦長大叫著。

「完成全部魚雷發射準備。」

魚雷長回答。

「一號目標是三一一，二號則是三三〇，三號目標是二九九，四號目標是三二一，五號目標是三二四，六號目標是三〇七，固定最後方位。」

聽到複誦聲。報告目標的最終方位和距離。斯特爾艦長冷靜的命令著。

「一號、二號發射。」「一號、二號發射。」

「三號、四號發射。」「三號、四號發射。」

副長陸續按下發射按鈕。船頭側的魚雷發射管二度響起微微的發射音。

「五號、六號發射。」「五號、六號發射。」

斯特爾艦長繼續說著。

「按照發射順序準備發射魚雷。」

聽到複誦聲響起。魚雷發射管的水排出，重新裝填魚雷。

「兩枚魚雷接近！方位一八五，距離四千。探測到活動聲納音，是敵人的制導魚雷。」

聲納員傳來高亢的聲音。

「發射模擬彈！」「發射模擬彈！」

「發射氣泡模擬彈。」「發射氣泡模擬彈。」

斯特爾艦長冷靜的命令著。氣泡包住了整艘船艦。

「發射氣泡彈！」「發射氣泡彈！」

「左滿舵，急速潛航。降舵三十度。」

假魚雷模擬彈衝向航路方向，吸引制導魚雷。同時氣泡彈在海中爆炸，躲在氣泡雲中急速旋轉，潛入深海中。如果制導魚雷誤認模擬彈爲目標而追蹤，就會忽略了躲在氣泡雲中真正的目標。

「急速旋轉潛航，深度六百。」「急速旋轉潛航，深度六百。」

斯特爾艦長用力的踩在地板上，看著深度計。從深度二百開始，好像一口氣落入深海中似的。

「魚雷急速接近，五百。」

「航向改變了嗎？」

「兩枚魚雷都好像在追蹤模擬彈似的。」

斯特爾艦長用力的踩在地上，瞪著聲納螢幕。如果魚雷發出的聲納音太大，魚雷就會離開模擬彈而朝這兒追過來。

「深度五五〇。不久之後到達六百。」

操舵員告知。

「艦長，已經知道千噸級敵人潛艇的位置了。」

聲納員告知。

「在哪裡？」

「方位一八五，距離五千，深度一五〇。接觸編號登記爲三五〇，航軌編號指定爲二六〇。」

在頭上傳來砰的爆炸聲。是制導魚雷命中假魚雷模擬彈爆炸的聲音。

「艦長，還有一枚改變方向。變成螺旋航法。發出活動聲納音。」

聲納員告知，斯特爾艦長下達命令。

「打出氣泡彈。」

「打出氣泡彈。」

「深度六百。」

斯特爾艦長看著聲納螢幕。聲納音變大，捕捉到敵人的魚雷了。

「發射氣泡彈。」「發射氣泡彈。」

只能夠逃到氣泡彈雲中躲藏。

「回到原先的航向，直進。第三戰速，無音航行。」

「艦長，魚雷鎖定。加速潛航而來。距離五百。」

斯特爾艦長下定決心。

「急速潛航，深度到八百爲止。」「急速潛航，深度到八百爲止。」

「艦長，太危險了。界限深度是七百。無法保持船艦。」

副長大叫著。

「我知道，不要緊。技師們早就想到這艘艦在萬一時可能會進行超過界限深度的潛航，所以事先已經設計深度可以達到八百。」

斯特爾艦長說著。副長沉默不語。

「深度七百。」

操舵員告知。

「魚雷依然追蹤而來。距離三五〇。」

斯特爾艦長看著聲納螢幕。魚雷設計在普通深度六百公尺以內可以潛航，但是超過六百以上的深度，就必須要有特殊的耐壓設計，然而因爲生產成本較高，所以通常不會做這樣的設計。

「深度七五〇。」

聽到船艦發出嘎嘎的聲響。船員們不安的看著四周。因爲如果有任何一處龜裂，則船艦會因爲巨大的水壓而被壓扁。

「魚雷持續追蹤而來。距離二百。」

聲納員說道。斯特爾艦長咬著嘴唇。

「深度八百。」

「好，恢復水平。直進，全速前進。」

斯特爾艦長命令著。

「魚雷追蹤而來。距離一二〇。」

還是不行嗎？斯特爾艦長在心裡吶喊著。

「魚雷距離八十。速度減慢了。」

聲納員叫道。

突然活動聲納音消失。斯特爾艦長看著聲納螢幕，並沒有發現魚雷的蹤影。

「怎麼回事？」

「魚雷自沉，大概是被水壓壓扁了吧！」

聲納員叫道。

船員們一起歡呼。斯特爾艦長鬆了一口氣。

「減速。第四戰速。上浮。升舵十度，深度到一百爲止。」

聽到複誦聲。斯特爾艦長擦拭額頭的汗水。

「往上浮了。進度二百，我們也回敬二枚吧！準備發射一號、二號魚雷。」

「準備發射一號、二號魚雷。」

魚雷長複誦著。

「目標爲接觸編號三五〇。確認最終位置。」

「方位二百。距離六千。深度一二〇。航向朝東。確認最後方位。」

聲納員回答。

「深度三百。」

「準備發射一號、二號魚雷。」

魚雷長告知。等待時間的到來。

「深度二百。」

斯特爾艦長下達命令：

「一號、二號發射。」「一號、二號發射。」

副長按下發射按鈕。在船頭的方向聽到發射音。

「魚雷約五分鐘到達。」

負責攻擊士官告知。斯特爾艦長看著電子情況標示板。白點朝三五〇的紅色光點衝去。

「艦長，你看。要不要通知第七艦隊？」

副長看著電子情況標示板，瞪大了眼睛。因為敵人的潛艇打算從三方面攻擊第七艦隊。

「上浮，升舵二十度，十節。」

聽到複誦聲。

「深度一百。」

「減速。四節。升起浮標天線。」

斯特爾艦長大叫著。維持這樣的航向，則第七艦隊會蒙受極大的損失。

「升出浮標天線。」副長複誦著，按下按鈕。

浮標天線是在海中的潛艇爲了和在海上的我方同志通信而使用的裝置。斯特爾艦長心想再快一些。

4

第七艦隊旗艦「藍山脊」在環形陣型的中央和航空母艦「尼米茲號」及「小鷹號」圍成三角陣型航行。

航空母艦「尼米茲號」及「小鷹號」上的F—14熊貓和F／A—18大黃蜂陸續降落、出發。其噴射引擎的轟然巨響響徹「藍山脊」的艦橋。

通信兵跑到馬歇爾司令官和作戰參謀長賀爾巴敦上校的身邊。

「司令，接到來自日本海上自衛隊共同護衛隊群的緊急聯絡。」

「說甚麼呢？」

「以北緯二七度三十分、東經一二四度十分爲中心的半徑一百公里的西半圓內，有很多敵艦潛伏等待，希望我們繞道。」

「現在的位置呢？」

作戰參謀長詢問航海長。

「本艦隊已經進入這個海域。」

「有沒有接到來自前方展開的潛艇的報告呢？」

馬歇爾司令官詢問通信兵。

「接到『芝加哥』的報告，發現複數的R級潛艇，已經擊沉二艘。當時曾聯絡我們，可能有未被擊中的敵艦，要我們嚴加警戒。」

「還有沒有其他的報告？」

賀爾巴敦作戰參謀長詢問。通信兵搖搖頭。

「到目前爲止，並沒有接到其他在前方展開的潛艇的通報。」

「是值得信賴的情報嗎？」

馬歇爾司令官看著作戰參謀長賀爾巴敦。

「在一個小時以前，東經指揮所就已經傳來這個情報了。爲了小心起見，對於各潛艇做出嚴密警戒的指示。但是，還沒有接到回答。關於情報收集能力這方面，我國的NSA和海軍情報部比較優良，所以，我認爲日本海軍的情報只要當作參考即可。」

「我國海軍情報部和NSA只能得到同種的情報。」

賀爾巴敦上校臉上露出笑容，聳了聳肩膀。

「還想要一些情報，到時候再決定也不遲。」

馬歇爾司令官告訴通信兵。

「好，聯絡潛艇司令，敵潛情報要報告艦隊司令官。」

「好，遵命。」

通信兵回答。另一位通信兵叫道。

「司令官，接到大黃蜂攻擊隊長的報告。目前和中國空軍迎擊機在交戰中。護衛戰鬥機隊掃蕩中國空軍迎擊機。大黃蜂攻擊隊也有損害，不過，接近到中國艦隊前方六六哩（約一二〇公里），反艦飛彈全部發射，即將回航。此外，還有潛艇隊司令部的報告。在海中的核潛艇各艦都發射了反艦飛彈，十六枚都朝向中國艦隊而去。」

「這麼一來，中國艦隊一定會受到致命的打擊。」

賀爾巴敦作戰參謀長和作戰幕僚們很高興的笑著。

『警報，接到早期偵察機的報告。多架中國艦隊航空母艦載機接近到五五哩（約九十九公里）圈內，發射多數反艦飛彈。目前迎擊機正在追擊，進行空戰中。反艦飛彈十二枚朝這兒而來，方位三百，距離五十哩。』

接到CIC室的通報。

「迎擊戰鬥機隊怎麼回事？難道沒有擊退中國海軍的攻擊機嗎？」

馬歇爾司令官感到很訝異。航空參謀少校則表情僵硬的回答。

「我方迎擊戰鬥機隊擊落第一波大部分的攻擊機隊，將其擊退了。不過燃料用盡，彈藥也用完了，因此暫時回到航空母艦。敵人可能是趁著此機會前來攻擊，在空中待機的迎擊機隊有二個中隊，迎擊大舉而來的第二波攻擊機隊，然而，要和敵戰鬥機隊進行空戰，擊落全部的敵人攻擊隊，那是不可能的。因此，其他的十幾架飛機發射了反艦飛彈。」

馬歇爾司令官表情嚴肅的點頭。

「好，通知全艦準備反艦飛彈防空戰鬥。」

通信兵複誦，趕緊跑回通信位置。

告知全部就反艦戰鬥位置的緊急蜂鳴器響起。馬歇爾司令官看著艦長。艦長面露驚訝的表情看著攻擊士官。

『緊急警報！魚雷攻擊！』

ＣＩＣ室的聲音傳來。

「怎麼回事？」

馬歇爾司令官詢問ＣＩＣ室。

『多數的魚雷接近。司令官、艦長，請趕緊到這兒來。』

聽到ＣＩＣ室負責攻擊士官緊張的聲音。

「立刻去。」

馬歇爾司令官和科斯納艦長互看一眼，離開了司令席。科斯納艦長和參謀長賀爾巴敦上校也趕緊從艦橋陸續跑下階梯。打開ＣＩＣ室的門，飛奔到房間裡。三個人進去時，在門附近的士官長叫道：「立正！」

負責攻擊士官和參謀幕僚們全都起立。

「繼續你們的工作。」

馬歇爾司令官對大家說。

房間全都是紅色的照明。電腦的控制台排列在那兒。操作員坐在螢幕前工作。

「請看這裡。」

負責攻擊士官請三人坐在椅子上，指著其中一個控制台。在這螢幕上，出現以藍色光點表示位置的第七艦隊第五航母戰鬥群。環形陣型前方展開半圓狀的紅色光點。紅色光點全都發射魚雷，無數魚雷從三方面湧向環形陣型艦隊。

「這是怎麼回事？」

賀爾巴敦參謀長屏氣凝神。

「我方艦隊似乎衝入了敵人潛艇隊埋伏的海域中。」

「是千噸級嗎？」

「不，幾乎都是舊式的R級。千噸級只有三、四艘。」

「總共有幾艘？」

「目前已知的有三十六艘。」

「發射的魚雷數目呢？」

「目前可知的有一四四枚，今後還會持續增加。」

馬歇爾司令官詢問操作員。

「艦隊和魚雷之間的距離呢？」

「最短距離的魚雷爲四千公尺，較遠的爲一萬三千公尺。」

「我方核潛艇在做甚麼？」

「先前總計擊沉敵人潛艇十八艘，但是，還是有很多潛艇躲在海中。他們已經盡力了。」

「這是怎麼一回事呀？」

馬歇爾司令官探出身子。科斯納艦長臉色蒼白。

「這些全都是制導魚雷嗎？」

想要閃躲制導魚雷相當的困難。

「但是，中國海軍不可能配備有大量昂貴的制導魚雷呀！」

賀爾巴敦參謀長說著。參謀幕僚中校回答。

「我們也擔心這一點。到目前爲止，看到的都是普通型魚雷，但是，其中也摻雜著制導魚雷。司令官，應該讓艦隊全部掉頭。」

「我知道，立刻命令艦隊改變航向。可是如何閃躲從三方湧入的魚雷呢？」

科斯納艦長詢問馬歇爾司令官。

「首先一起掉頭，全力脫離魚雷的路線，然後各艦自行防衛。」

馬歇爾司令官，命令科斯納艦長和賀爾巴敦上校。

「好，就這麼做吧！立刻讓艦隊一起掉頭。」

「知道了，立刻進行。」

科斯納艦長抓起通往艦橋的麥克風。

「航海長，艦隊一起掉頭。魚雷逼近……。」

馬歇爾司令官握著無線麥克風通知艦隊全艦。

「通知艦隊全艦，魚雷殺到，配合旗艦的行動一起掉頭。然後各艦按照CIC室的指示，進行規避運動。」

「司令官，反艦飛彈逼近艦隊防空圈。巡洋艦、驅逐艦發射SM飛彈。」

操作員大叫著。

「司令官，東京指揮所的警告真的說中了。」

科斯納艦長對馬歇爾司令官說著。參謀長賀爾巴敦上校一臉不悅的看著在螢幕上紅點的移動情形。

海空同時進行二次元攻擊嗎？馬歇爾司令官握著麥克風的手都冒汗了。

5

中國北海艦隊第一潛艇戰隊所屬千噸級潛艇「海狼」一四〇號，發射二枚制導魚雷，接著又發射四枚普通型魚雷，開始急速潛航。

「艦長，深度二百。」

音響探測要員叫道。

「敵人的魚雷呢？」

艦長桂海軍中校看著聲納螢幕。敵艦也發射制導魚雷。的確是美國海軍的核潛艇。而且聽到活動聲納音不斷敲打著艦的外殼。

「魚雷追蹤而來。方位〇二〇，距離四千。」

「發射假魚雷！」「發射假魚雷！」

「發射氣泡彈！」「發射氣泡彈！」

「右滿舵，升舵二十度，深度一百。」「右滿舵，升舵二十度，深度一百。」

「連續發射氣泡彈！」「連續發射氣泡彈！」

船頭大幅朝右轉，慢慢的往上升。假魚雷直接往前衝，躲在大量的氣泡內的潛艇則朝右上方上浮。

如果敵人的制導魚雷能夠被假魚雷引誘，直接追蹤而去，那就太好了。桂艦長心裡不斷的思索著。

「深度一百。」

操舵員告知。

「好，恢復水平。航向直進！」

「魚雷追蹤假魚雷而去。」

音響探測要員告知。

桂艦長看著聲納螢幕。兩個白色光點前後追著假魚雷。

「太好了。中計了。」

副長夏上尉鬆了一口氣說著。

「還不能安心，敵人的制導魚雷很優秀。」

兩個光點當中的一個和假魚雷重疊。突然，衝擊波湧了過來。

「魚雷爆炸了。」

音響探測要員告知。艦內瀰漫著一股安心的氣氛。

「艦長，前方感測到聲納，是潛艇。」

音響探測要員告知。桂艦長看著聲納螢幕。前方出現新的紅色光點。

「不是先前的核潛艇嗎？」

「不是，先前的核潛艇在八點方向。」

「維持原先航向，速度六節。」「維持原先航向，速度六節。」

「無音航行。」「無音航行。」

如果是敵艦，正面相對前進，則對方的聲納反射面會減少。

「敵我識別裝置無回答。是敵艦。」

「艦種呢？」

「普通型潛艇。」

普通型引擎潛艇是日本海軍的潛艇。桂艦長看著夏副長。

「艦長！制導魚雷接近。是另外一枚。」

桂艦長連忙看著聲納螢幕。一個白色光點追了過來。

「距離二千被鎖定了，急速接近而來。」

「難纏的傢伙。」

夏副長叫道。

「發射假魚雷！」「發射假魚雷！」

「發射氣泡彈！」「發射氣泡彈！」

「緊急上浮，升舵二十度，全速前進！」「緊急上浮，升舵二十度，全速前進！」

操舵員一邊複誦，一邊慌慌張張的操作。船頭朝上，地面大幅度傾斜。艦長和副長站穩腳步，緊抓著扶手。

「艦長，緊急上浮不是很危險嗎？會被敵艦發現。」

副長夏上尉擔心的說著。

「我也知道這樣很危險，但是，只有這樣才能閃躲敵人的制導魚雷呀！」

「怎麼回事呀？」

「爲了避免敵人的制導魚雷攻擊同志的水面艦船，應該已經設定了對於水深不滿十五公尺的艦船會忽略不管，可以反過來用這一招。」

桂艦長大叫著。

「艦長，假魚雷和氣泡彈都無效。」

「再次連續發射氣泡彈！」

「左舵三十度，全速前進！」「左舵三十度！全速前進。」

船頭朝左急速掉頭。

「深度三十！」

操舵員叫道。

「魚雷急速接近！距離五百。氣泡彈無效，持續追蹤而來。」

桂艦長在心中祈禱著。

「魚雷距離三百。」

「潛望鏡深度！」

「距離一百！」

「上浮！」

操舵員大叫著。

艦船從海中躍至海面。好像敲打著海面似的，艦船浮到了海面上。

「浮上！」

「魚雷停止追蹤！」

音響探測要員告知。

「太好了！」

夏副長鬆了一口氣。

「魚雷還在周圍盤旋。」

音響探測要員告知。如果潛艇停止上浮而再潛航的話，魚雷就會立刻再展開攻擊。但若維持上浮，則很容易被敵人發現。

「打開頂蓋！警戒防空防水面艦。」

桂艦長大叫著。船員趕緊爬上升降筒的梯子，推開了頂蓋。

海水從升降筒口流入。夾雜著潮水的空氣進入艦內。副長和偵察員跑了上去。

「維持原來航向，十六節。」「維持原來航向，十六節。」

「探測敵人！」

雷達波探測裝置探測海上的情況。桂艦長爬上梯子，登上上方的指揮所。先上去的前任士官長和夏副長用望遠鏡看著周圍的情況。

「敵機在三點方向！」

反潛偵察機進行低空飛行，似乎尚未發現浮上來的潛艇。夏副長叫道：

「海隼出擊！準備防空戰鬥。」

從升降筒將攜帶用反空飛彈「海隼」送到艦上。反潛巡邏機機翼傾斜，開始盤旋。防空要員肩上扛著「海隼」，對準反艦巡邏機的方向。

「一旦接近就發射。」

夏副長命令防空要員，用拳頭敲他的鋼盔。

「艦長，六點後方發現艦影！」

偵察員告知。桂艦長用望遠鏡看著艦尾的方向。水平線上出現點點艦影。好像航空母艦的艦影有二艘，並排航行。

「敵機接近。」

偵察員大叫。

「十點方向，發現直升機！」

桂艦長用望遠鏡看著十點方向。看到了反艦巡邏直升機慢慢的朝著這兒飛來。

「敵機好像發現我們了。朝著這兒衝了過來。」

偵察員叫道。桂艦長對著無線電電話器叫道。

「左舵二十度，全速前進！」「左舵二十度，全速前進。」

前有狼，後有虎。桂艦長緊咬著嘴唇。

「準備發射一號、二號魚雷。」「準備發射一號、二號魚雷。」

聽到轟隆聲響。四枚反潛巡邏機P－3C以超低空的距離衝了過來。

「升起海軍旗！」

桂艦長命令偵察員。

中國海軍旗豎立在旗竿上。反潛巡邏機發出轟隆聲響，掠過頭上。

隔著座艙罩可以看到飛行員的臉。機翼上印著小小的日本國旗。

防空要員將飛彈「海隼」對準了飛過船艦正上方的P－3C。

「發射！」

夏副長命令。

同時「海隼」拖著白煙尾飛翔。P－3C兩翼傾斜，大幅度朝右邊急速旋轉。

背後持續噴出紅色的火焰。

6

飛過潛艇上空時，看到旗竿上插著鮮紅的中國海軍旗，同時看到好像是艦長似的男子瞪著飛機。

「欺瞞彈！」

落合機長大叫著。副機長岡本海軍上尉按下欺瞞彈的按鈕。欺瞞彈連續從機身的後方彈出。同時操縱桿繞到右邊，蹬右邊的方向舵。風門開到最大。

反潛巡邏機P－3C朝右邊俯衝，同時加快速度，急速旋轉。

「飛彈！」

在聲音出現的同時，看到爆炸的閃光。機身因爲暴風的衝擊而激烈搖晃。

「擊中了嗎？」

「衝入欺瞞彈中。」

戰術航空士叫道。後方的天空冒起了黑煙。

「真危險，艦種是千噸級嗎？」

「是千噸級。」

「怎麼可能呢？竟然上浮到這個地方來。」

落合機長非常驚訝。初次在這個海域遇到獵物，不希望讓牠給逃走了。爲了顧全海軍自衛隊航空集團第五航空群第五航空隊的面子，要擊沉敵人的潛艇。

『……這裡是反潛巡邏直升機七一二，發現敵艦……，座標……。』

聽到第七艦隊航空母艦「小鷹號」的巡邏直升機和航空司令通話的聲音。

「我們先來吧！」

落合海軍少校掉轉機頭，大幅度旋轉前進。

「準備反艦炸彈！」『準備反艦炸彈！』

耳機裡傳來戰術航空士的聲音。

「瞄準目標。」

岡本副機長說道。

「太好了。」

落合機長緊握操縱桿，將機頭朝向劃出白色航軌的航行的潛艇，慢慢的降下高度。打開風門，加快速度。

『鎖定目標。』

影。

戰術航空士的聲音傳來。這一次一定要收拾你們。落合機長看著潛艇的黑色艦

7

第一潛水隊群第一潛水隊所屬SS五九一「滿潮」，更改航向，用聲納探測敵艦消失的海域。敵艦閃躲制導魚雷的追擊，緊急上浮。因此，魚雷失去了目標，重新開始找尋目標。

「魚雷用搜敵方式航行，再靠近就太危險了。」

聲納員說道。艦長仙石海軍中校看著聲納螢幕。

美國核潛艇所放出的制導魚雷，持續發出活動聲納音，爲了搜尋敵艦而在海中航行。萬一魚雷誤認本艦是敵艦，可能會攻擊我方的潛艇。

魚雷的深度四十公尺，以三十節的速度慢慢下降。突然，魚雷停止了螺旋航行。

「魚雷探測到我艦。開始朝這兒衝過來。」

聲納員告知。看到聲納螢幕上所映出來的魚雷的藍色光點，筆直的朝向這兒的

藍色光點衝了過來。

「這是怎麼回事呀？那個笨魚雷！難道鬼迷心竅，想要來一場同志操戈嗎？趕緊發出同志識別信號！」

仙石艦長下達命令。聲納員複誦，發出了表示是同志的聲納信號。

「不行。魚雷還是衝了過來。距離四千。」

「看來只好緊急上浮了！升舵三十度，全速前進。」

仙石艦長大叫著。操舵員複誦。

船頭朝上。地面形成傾斜角度。仙石艦長踩穩腳步。副長相馬海軍上尉抓住扶手，終於來到了操縱室。聲納員大叫道：

「魚雷還沒有捕捉到同志信號。距離三五〇〇。以六十節以上的高速接近。」

「發射模擬彈！」「發射模擬彈！」

「打出氣泡彈。」

「魚雷放慢速度。」

聽到複誦聲。看著深度計，深度六十公尺、五十公尺。

聲納員叫道。相馬上尉嘆了一口氣，擦拭額頭上的汗水。

「恢復水平，減速十節。潛望鏡深度。」

仙石艦長感覺到船艦慢慢的恢復水平。

「潛望鏡深度。」

操舵員告知。

「魚雷的情況如何？」

「可能燃料用盡了。螺旋槳音停止。沉入海底。」

聲納員告知。

「升起潛望鏡。」

仙石艦長將眼睛貼在潛望鏡的鏡頭上，看著周圍。

「方位〇九〇，探測到艦影。可能是敵艦。距離三千。」

聲納員告知。仙石艦長將潛望鏡繞到方位〇九〇。看到黑色的艦影。千噸級潛艇特有的桅桿在波間晃動。

突然，在鏡頭裡看到了衝擊濺起的水柱。

頭上P—3C灰色機身高速掠過，反潛巡邏機投下了炸彈。

「敵艦開始急速潛航。距離二五〇〇。」

聲納員告知。炸彈沒有炸到他們嗎？仙石艦長暗自竊笑。

輪到我們出場了。敵艦就由我們來收拾吧！

「準備魚雷戰！」「準備魚雷戰！」

副長相馬上尉按著發射按鈕。紅燈變成藍燈。

「放下潛望鏡。」

仙石艦長立刻下達命令。

「右滿舵，急速潛航！深度一百。」

「準備發射一號、二號魚雷。」「準備發射一號、二號魚雷。」

相馬副長對仙石艦長點了點頭。

「回舵！」

「深度一百。」

操舵員叫道。聲納螢幕上形成和紅色光點正面相對的形態。

「目標距離一千七百。」

聲納員告知。

「確定最後方位！」「確定了。」

仙石艦長簡短的說道：

「一號、二號發射！」「一號、二號發射！」

相馬副長按下發射按鈕。船頭的發射管響起了發射聲。兩枚九七式改良型反潛用高性能魚雷，以六十節的高速衝入水中，利用自動聲納裝置自行找尋目標。

「魚雷高速接近目標。」

聲納員告知。

在聲納螢幕上，看到表示敵艦急速潛航的紅色光點。兩個藍色光點接近紅色光點。紅色光點開始急速掉頭。

在非常接近的距離出現兩次爆炸。衝擊波搖晃著船艦。仙石艦長幾乎快要撞到船壁。

「誤炸。同志P－3C對我們發動攻擊。」

雷達要員告知。

「怎麼回事？竟敢誤炸我們！緊急上浮！」「緊急上浮！」

仙石艦長大叫著。告知緊急上浮的蜂鳴器響起。

同志竟然在這時候打出反潛魚雷，這真是非常麻煩的事情。

「咚」，衝擊波搖晃著船艦。仙石艦長憤怒的大叫著。

「這次又是怎麼回事呀？」

「命中了！魚雷命中了！聽到敵人潛艇的引擎聲了。」

聲納員叫道。

艦內歡聲雷動。

『上浮！』

相馬副長大叫著。

「打開頂蓋！趕緊升起日本旗！」

海軍士官長跑上升降筒的梯子，轉動頂蓋的方向盤。打開頂蓋。新鮮空氣大量進入艦內。海軍士官長和偵察員的海軍工兵趕緊衝到上方指揮所。

「升起來了。」

接著，相馬副長爬上了梯子。聽到很大的聲響。原來是信號彈發射的聲音。仙石艦長也爬上梯子，來到了插著桅桿的上方指揮所。

P－3C超低空掠過頭上。機翼大幅度左右擺盪，表示確認了是同志。

「真是千鈞一髮！那傢伙竟然誤認爲我們是敵艦，想要對我們投下炸彈呢！」

相馬副長苦笑著。仙石艦長對著內部的對講機說道：

「通信兵，趕緊聯絡巡邏機，告知我方已經擊沉了敵人的潛艇。」

『了解。』

通信兵的聲音從擴音器中傳來。接著聲納員叫道：

『艦長！周邊似乎還有敵艦。聽到連續發射魚雷的聲音。』

「甚麼？攻擊目標在哪裡？」

『魚雷一起朝向第七艦隊航空母艦戰鬥群發射。』

「好。潛航。全員回到艦內。」

仙石艦長大聲的命令部下。

敵艦還在附近徘徊嗎？好，那就從旁擊沉敵艦吧！

仙石艦長跑下升降筒的梯子，同時感覺到體內湧現新的鬥志。

8

第七艦隊第五航空母艦戰鬥群的艦船，還是維持環形陣型，開始一起掉頭。

馬歇爾司令官坐在CIC室指揮官的座位上，看著操作員作業的姿態。船艦緩慢的搖晃，搖晃幅度並不大。隔著船艦的防音壁，可以聽到飛彈的發射音和一二五釐米速射砲的發射音，但也不是很清楚。

設置在艦壁上的電子情況標示板上，看到一起掉頭的第五航空母艦戰鬥群艦船的藍色光點成群南下。圍成半圓狀的敵艦紅點，有數十個集中接近第五航空母艦戰鬥群。

此外，來自空中的敵人反艦飛彈目標指向艦隊攻來。表示敵人反艦飛彈的白色光點有數十枚湧了過來。

「魚雷急速接近！距離二千。」

操作員叫道。馬歇爾司令官抬頭看著電子情況標示板，瞪著湧入的魚雷群。

「魚雷的種類呢？」

「目前大部分是普通型魚雷，其中可能摻雜著制導魚雷，不過還沒有發現。」

馬歇爾司令官摸摸下巴。

參謀長賀爾巴敦海軍上校說道：

「但還是很麻煩。不管朝左或朝右閃躲，都會和魚雷的衝突路線交錯。魚雷都可能會命中艦隊。」

「總之，一定要以最大戰速趕緊脫離魚雷的路線才行。」

馬歇爾司令官看著情況標示板。

「各艦，進行規避運動。」

操作員告知。馬歇爾司令官交疊著手臂，點了點頭。

蜂鳴器響起。是準備防空戰鬥的蜂鳴器。

「敵人反艦飛彈到達十七哩（約三十公里）防空線。由SM飛彈迎擊。擊落反艦飛彈八枚。」

操作員看著螢幕說道。一群紅點被標準飛彈的藍色光點擊落，陸續消失。但還是有一些紅點突破艦隊防空圈攻了過來。

「反艦飛彈擊落十六枚。還有十九枚突破十三哩（約二十五公里）防空線。由短SAM開始迎擊。」

操作員大叫著。

短SAM好像麻雀飛彈，是在標準飛彈無法擊落反艦飛彈時能夠加以迎擊的第二手段。電子情況標示板上，顯示出朝向突破SM防空圈的反艦飛彈發射的海上麻雀的藍點。

「海上麻雀擊落敵人反艦飛彈十枚。還有九枚突破防空線。」

操作員告知。

「各艦，發射海上麻雀！」

另一個操作員大叫著。

「魚雷接近，各艦射出模擬彈。」

操作員告知。反魚雷模擬彈是曳航式模擬彈，好像水面艦一般的，能夠發出欺瞞信號，欺瞞魚雷。

馬歇爾司令官看著參謀長賀爾巴敦上校。

「我回到艦橋。這裡由你負責指揮。」

「了解。」

賀爾巴敦上校點了點頭。馬歇爾司令官離開了CIC室，跑上樓梯。先回艦橋的科斯納艦長和副長正對操舵員、通話員陸續下達命令。

「司令官回艦橋。」

士官長大聲叫著。

馬歇爾司令官回到了司令席座上，用望遠鏡看著航空母艦「尼米茲號」和「小鷹號」的情況。巨大的船身以最大戰速三十節的高速在海水中乘風破浪，看起來相當的壯觀。船舵忽左忽右，開始蛇行。

宙斯頓巡洋艦「銀行山號」和宙斯巡洋艦「移動灣號」、宙斯巡洋艦「長塞拉茲比爾號」、飛彈宙斯頓巡洋艦「卡提斯．威爾巴號」、飛彈驅逐艦「約翰．S．麥肯號」、斯普魯恩斯級驅逐艦「休伊特號」、同級的「卡辛格號」、飛彈護衛艦「洛德尼．M．卡提斯號」、「沙奇號」、「邦迪格里夫特號」十艘圍成的環形陣型，好像遠遠包圍著在中央的「藍山脊」和二艘航空母艦加以護衛似的，開始進行蛇行規避運動。

『魚雷接近，距離一千。各艦開始進行規避運動。』

ＣＩＣ室告知。

『艦長，敵人的魚雷從方位〇一〇、三五五、二七〇、二五〇、三六〇衝了過來。』

聲納員的聲音從擴音器中傳來。馬歇爾司令官詢問聲納員。

「魚雷的種類呢？」

『大量的普通型魚雷中夾雜著數枚制導魚雷。』

「不能夠立刻分辨出來嗎？」

『不接近時就無法分辨。』

這是怎麼一回事呀？馬歇爾司令官氣得咬牙切齒。爲甚麼沒有早點接到有陷阱的通報呢？聲納員大叫著：

『艦長，魚雷接近！二點方向。方位〇二〇。距離一千公尺。四枚高速接近！』

「右滿舵！方位〇二〇。最大戰速。」「右滿舵！方位〇二〇。最大戰速。」

科斯納艦長冷靜的下達命令。船頭慢慢的朝右掉頭。馬歇爾司令官背後的航空母艦「小鷹號」和「尼米茲號」，也趕緊將船頭朝右，急速掉頭。

如果船頭朝魚雷衝過來的方向，與魚雷正面相對，則側腹被魚雷擊中的機率就可以大幅降低。

「制導魚雷嗎？」

『是普通型的魚雷，並沒有被欺瞞彈所騙。距離六百。』

「魚雷與魚雷的間隔呢？」

『大約間隔二百公尺。』

若順利的話，航空母艦和藍山脊號都可以閃躲魚雷。馬歇爾司令官屏氣凝神。

『魚雷高速接近。距離五百。』

聲納員告知。

「航向〇二〇。」

操舵員說道。

「維持航向減速。第二戰速。」「維持航向，第二戰速。」

馬歇爾司令官在心中暗自向上天祈禱。如果能夠避開部下的視線，他甚至願意跪下來向上天請求。

『艦長，新的魚雷從十一點方向接近。是制導魚雷。』

聲納員發出了哀號聲。

「方位和距離呢?」

『方位三三〇,距離二千。』

「有幾枚?」

『普通型魚雷三枚,制導魚雷一枚。』

聲納員回答。這時,蜂鳴器不斷的響起。

『魚雷急速接近!距離一百。』

CIC室告知。

終於來了,馬歇爾司令官緊握著手。偵察員來到了偵察艦橋,追蹤敵人的魚雷方向。偵察員大叫著:

「魚雷通過左舷。」

「右舷也可以看到魚雷的航軌。通過右舷側!」

偵察員報告。艦橋上的人都鬆了一口氣。但是,這時聲納員大叫著:

『新的魚雷高速接近,方位三三〇。距離三千。』

馬歇爾司令官嘆了一口氣。科斯納艦長大叫著。

「魚雷又來了。左滿舵。」「左滿舵。」

聽到複誦聲。再這樣下去,不能夠反擊。馬歇爾司令官大叫著:

「通信兵，通報日本海軍共同護衛隊群。請貴艦隊單獨接近敵人中國艦隊，予以擊滅。」

通信兵複誦。

9

潛艇「滿潮」全速潛航，陸續找出目標，朝向目標發射魚雷。

「發射三號、四號魚雷！」「發射三號、四號魚雷！」

副長相馬上尉在仙石艦長的指示下，按下魚雷發射按鈕。聽到發射音響起。從魚雷發射管中游出了九七式制導魚雷。

「完成五號、六號魚雷發射準備。」

魚雷長告知。

「五號目標是接觸編號二四一，航軌編號一九〇。最後方位三四〇。距離六千。」

將資料輸入魚雷的電腦中。

「五號，確定最後方位。」

「六號目標是接觸編號二四四，航軌編號一九四。最後方位三百。距離七千八百。」

「確定。」

魚雷長確認。

仙石艦長看著相馬副長。

「五號、六號發射！」「五號、六號發射！」

相馬副長按下發射按鈕。艦尾發射管響起了發射音，兩枚制導魚雷游出。

「剩下多少魚雷？」

仙石艦長詢問魚雷長。

「只剩下兩枚裝填好的魚雷了。」

離開母港時，搭載的魚雷有十二枚，全都是九七式改良式制導魚雷。已經發射了十枚。除了魚雷之外，還留有可以從魚雷發射管發射、當成個艦防衛用飛彈來使用的兩枚魚叉飛彈。

聲納員說道：

「艦長，捕捉到爆炸聲。又一個爆炸聲。擊沉目標二三七和二三八。」

「這樣就擊沉五艘敵艦了。」

相馬副長用粉筆在情況標示板上畫上第五個記號，還有三枚魚雷衝向目標。

仙石艦長詢問聲納員。

「躲藏在這附近的敵艦還有幾艘？」

「已經確認的有兩艘。」

「艦種呢？」

「都是R級。」

相馬副長擦拭額頭上的汗水。

「怎麼會有這麼多潛艇潛藏在此處呢？都是舊式的R級。在我們周邊就有十艘。」

「真是禍從口出。」

仙石艦長搖搖頭。敵艦從先前一直躲藏的地方緊急上浮，朝向第七艦隊第五航空母艦戰鬥群發射魚雷。

但是，一旦出現之後，舊式普通潛艇根本無法逃走。因爲速度比較慢，且性能也比較差。所以「滿潮」持續發射魚雷，從旁攻擊並不打算逃走的中國海軍的潛艇，予以擊沉。

「完成一號、二號魚雷發射準備。」

魚雷長告知。

「好，設定目標。」

仙石艦長命令聲納員。

「一號目標是接觸編號二四〇，航軌編號一九一。最後方位二七〇。距離六千的潛艇。」

「確認最後方位。」

魚雷長說道。

「二號目標則是接觸編號二四三，航軌編號二〇五。最後方位二一〇。距離四千的潛艇。」

「確認最後方位。」

魚雷長告知。

「一號、二號都發射。」

副長複誦，連續按下發射按鈕。前方的船頭響起兩次發射音。

「全部魚雷都發射完了。只能等待結果了。」

副長拍拍手，聲納員叫道：

「艦長，捕捉到爆炸聲。目標二三九的回音消失了，被擊沉了。」

艦內歡聲雷動，但是，又立刻恢復平靜。副長用粉筆在情況標示板上畫上第六艘的記號，剩下四枚魚雷朝向目標而去。

「接觸編號二四〇、二四三開始全速逃走。不久之後，魚雷到達二四一、二四四。都已經鎖定了。」

聲納員告知。仙石艦長和相馬副長對看。

一旦受到九七式改良型制導魚雷攻擊，潛艇無法輕易逃走。唯一能夠完全逃走的方法，就好像先前千噸級的做法一樣，必須浮到水深十六公尺以上的地方。九七式改良型魚雷爲了避免誤擊同志的水面艦，因此已經輸入資料，不會攻擊在十六公尺以內深度較淺的艦船。

「有兩個爆炸聲！」

聲納員說道。仙石艦長豎耳傾聽。可以聽到傳到艦壁的微微衝擊聲。

「二四〇、二四三的回音消失，兩艘都被擊沉了。」

「真是非常同情他們。」

副長在情況標示板上畫上第八艘的記號。

仙石艦長瞪著艦外的天空。好像親眼看到因爲魚雷爆炸而使船身裂爲兩半墜入深海的情況一樣。

10

中國航空母艦隊遭遇美國海軍攻擊機所放出的反艦制導彈的總攻擊，開始進行規避運動。

「反艦制導彈出現在五點方向！」

偵察員叫道。這時雙聯裝速射砲的發射音響起。三十釐米近距離防空機關砲朝反艦制導彈發射。

「左舵，三十度，快！」

孫艦長大叫著。操舵員複誦，同時不斷的旋轉舵輪。船頭大幅度的朝左掉頭。

「回舵，右舵三十度！」

聽到複誦聲，這次船頭又朝右邊掉頭。

艦隊司令員關海軍少將站在航空母艦「北京」的艦橋，瞪著低垂的雨雲。掠過海面的反艦制導彈的彈體衝向護衛驅逐艦和航空母艦。

反艦制導彈已經直接攻擊側腹和艦橋附近，陸續出現冒起黑煙的護衛驅逐艦。

現在反艦導彈也衝向在右舷航行的「鄭州」號。導彈在最後階段彈跳，從正上方衝入「鄭州」的艦橋附近。

看到激烈的爆炸。「鄭州」的船速立刻減慢，脫離了航空母艦「北京」的身旁。

「司令員，右舷的『鄭州』中彈，嚴重受損，不能航行！」

通信兵叫道。關司令員用不亞於高射砲火的聲音大叫著：

「立刻命令在右舷的『唐山』跟上來，護衛本艦！」

距離航空母艦「北京」正後方一千公尺遠的驅逐艦「唐山」跟了上來。

「左滿舵，最大戰速！」

孫艦長大叫著。

「艦長，放慢速度，幫助『唐山』繞到右舷。」

「但是，已經來不及了！反艦導彈攻了過來。」

「在哪裡？」

「十點方向。」

雷達員告知。

「『延安』的情況如何？」

關司令員看著在左舷的「延安」。

「延安」在航空母艦「北京」的前面，打算進行捨身的護衛。而對空機關砲怒吼，對空速射砲不斷的響起砲聲。掠過海面飛過來的反艦導彈，好像蛇抬頭似的進行最後的彈跳，打算越過「延安」的艦上。

「延安」和「北京」的高射砲火集中在導彈身上，彈身裂開。彈身飛舞著，衝入「北京」面前的海面，濺起水花。

「艦長，反艦導彈接近，二點方向！」

偵察員叫道，用手指出方向。導彈的黑色彈體好像在海面上爬行似的衝了過來。

除了距離左舷三公里的飛彈驅逐艦「南通」以外，並沒有其他的護衛驅逐艦。

「『唐山』還沒有跟上來嗎？」

孫艦長看著右舷後方。驅逐艦「唐山」持續航行著，拚命的想要繞到航空母艦「北京」的側面。

「南通」的對空機關砲和對空速射砲朝向導彈拚命的發射。「航空母艦」的對空機關砲不斷的吠叫著，對著攻過來的導彈吐出子彈。

導彈即將逼近。

「用欺瞞彈攻擊！」

船艦的前甲板陸續發出聲響，銀箔彈噴出。銀箔形成大量的雲擴散開來。

「右滿舵，最大戰速。」

艦長下達命令。打算進行躲在銀箔雲中的作戰。

「導彈接近！」

導彈的彈體衝入銀箔雲中。「咚」的爆炸聲響起，彈體迸裂。

「導彈爆炸！」

偵察員叫道。

「停止攻擊！」

聽到大吼聲。

關司令員探視周邊，問道：

「敵人的攻擊情況如何？」

「找尋敵人的導彈，但並沒有發現。」

雷達員回答。喬參謀長對著麥克風說道：

「戰鬥情報管制室，報告情況。」

『敵人的攻擊結束了。周邊沒有敵影。』

傳來管制官的聲音。喬參謀長對關司令員說道：

「終於結束了。」

「受損情況可能很嚴重，報告情況。」

關司令員從艦橋的窗子探視周圍的艦。周邊各處都冒起黑煙。喬參謀長抓起麥克風。

「呼叫戰鬥情報管制室，與海鷗聯絡，探測敵人的動向。」

『了解。』

「司令員，報告狀況。航空母艦『大連』的艦尾命中導彈，機艙受損。不過因爲可以使用預備引擎，所以航行無礙。」

關司令員用望遠鏡看著斜後方的航空母艦「大連」。「大連」的甲板上似乎正在進行滅火活動。

「驅逐艦『鄭州』嚴重受損，不能航行。護衛艦『保定』、驅逐艦『洛陽』、『溫州』受到導彈的直接攻擊，被擊沉了。另外還有七艘受損。」

「命令艦隊各艦，能夠航行的艦船趕緊集合到旗艦航空母艦『北京』和航空母艦『大連』的周圍，重新建立艦隊。」

關司令員毅然決然的說著。

接到戰鬥情報管制室的通報。

『司令員，來自海外的報告。還有三個敵機編隊接近。』

「又來了，方位和距離呢？」

關司令員緊咬著嘴唇。

『第一編隊方位一六〇，距離三百公里。以馬赫一・二接近中。第二編隊方位一一五，距離四百公里，以馬赫二高速接近中。第三編隊方位一一〇，距離二百，也是以馬赫二高速接近中。』

「知道各編隊的機種嗎？」

『第一編隊是日本空軍F－4鬼怪攻擊機編隊，以及從日本艦隊派出的護衛戰鬥機鵭式戰鬥機，第二編隊則是美日空軍F－15老鷹戰鬥機隊，第三編隊是美國海軍軍機F－14熊貓，以及F／A－18大黃蜂，總共約一二〇架攻擊機。』

關司令員和喬參謀長對望。

航空母艦「北京」和「大連」的迎擊機根本不敷使用。

「要求空軍前往迎擊嗎？」

『各航空基地已經派出了殲擊戰鬥機隊。但是，各航空基地因爲敵人的轟炸而受損嚴重，能夠派出的戰鬥機數較少。』

關司令員大聲命令。

「航空司令，立刻派出艦載機。不能讓敵機接近艦隊附近。」

「派出迎擊機。」

航空司令臉色蒼白的回答。

戰鬥情報管制室告知。

『日本艦隊也加快速度朝本艦隊而來。』

「難道沒有給予日本海軍艦隊任何打擊嗎?」

『根據偵察機的觀察,三艘驅逐艦嚴重受損,不過還沒有確認。日本艦隊依然朝這兒過來。』

「和日本艦隊的距離多少?」

『大約二百公里。』

還沒有在反艦飛彈的射程內。喬參謀長看著關司令員。

「應該轉移嗎?」

「難道要讓敵人在我們背後追趕,我們撤退嗎?我艦隊使命就是要消滅美日艦隊。因此,就算犧牲也在所不惜。而且以本艦隊的船數來說,根本無法逃走。與其如此,還不如給予敵人艦隊致命的打擊。趕緊聯絡同志的潛艇隊,攻擊日本艦隊。」

通信兵趕緊跑回通信室。關司令員看著灰濛濛的海洋。

根本無暇逃走。只能夠堅守以迎擊敵人。

11

第七艦隊第五航空母艦戰鬥群同時受到反艦飛彈和魚雷的二次元攻擊，陷入大混亂中。在海中，有數十枚普通型的較大魚雷從三個方向朝艦隊攻擊而來。各艦拚命閃躲，不過普通型魚雷中也摻雜少數的制導魚雷，因此規避運動相當複雜。

如果是制導魚雷的話，則可以利用模擬彈或氣泡彈加以干擾，使其爆炸，但是對於普通型魚雷就發揮不了作用了。

一旦普通型魚雷衝了過來，模擬彈和氣泡彈也無能爲力。因此，必須要閃躲普通型魚雷，同時應付制導魚雷，而且要避開雙方的衝突。此外，在上空還有反艦飛彈攻了過來。

各艦都進行複雜的規避運動。因此，太大的航空母艦「尼米茲號」無法進行複雜的規避魚雷的運動，在船頭附近被一枚魚雷擊中。只是一枚還不會沉沒，不過飛行甲板傾斜，因此艦載機無法起降。

第七艦隊旗艦「藍山脊」，也在魚雷的規避運動中幾乎要和僚艦衝撞在一起，因此在閃避衝突時，無法避開魚雷。右舷的吃水線下中了一枚魚雷，損傷很大，因為進水而導致船身傾斜。

緊急鈴響徹艦內，滅火班和救助班趕緊跑到爆炸的地方，拚命進行滅火行動。

科斯納艦長對著通話口叫道：

「控制損害。報告損害。」

『報告艦長，機艙浸水。關閉隔壁，出現很多死傷者。由於機艙損傷，所以第一、二主機不能使用。第一發電機也不能使用，不過第三主機和第四主機沒有受損。』

負責控制損害的士官以高亢的聲音回答。

「發電機呢？」

『第二發電機和備用的第三發電機並沒有受損，目前可以使用。』

「可以航行嗎？」

『只要第三主機和第四主機可以運作，那就沒有問題了。』

「好，就這麼做吧！火災的情況如何？」

『火力很強，滅火班相當辛苦，因此請求支援。』

「知道了，立刻前往支援。」

科斯納艦長抓著通話麥克風說道。

「甲板員和其他沒事的要員趕往火災現場，幫助機艙滅火，趕緊消滅火災。」

ＣＩＣ室通報。

『艦長，還有四枚魚雷接近！本艦就在魚雷的路線上方。方位○一○，距離四千。』

科斯納艦長嚇了一跳。已經被魚雷命中，現在以三、四節的低速航行。若不趕緊進行規避運動，則無法逃離路線。

「是制導魚雷嗎？」

『是普通型魚雷。』

「右舵三十度。十節。」

聽到複誦聲。

『艦長，可能連十節的速度都跑不出來。』

輪機長的聲音透過擴音器傳來。

「魚雷逼近，立刻加快速度。」

『遵命。』

科斯納艦長從艦橋上看著周邊艦船的動向。就在附近看到持續閃躲魚雷的航空母艦「小鷹號」，以及宙斯頓巡洋艦「移動灣號」的艦影。

『反艦飛彈接近。方位二七〇，距離七千。』

接到CIC室的通報。僚艦巡洋艦「移動灣號」的速射砲噴出火來。

曳光彈拖著白煙尾衝向天空。

『飛彈接近。距離五千。』

「發射鋁箔彈！」

科斯納艦長大叫著。

鋁箔彈從甲板上連續朝空中發射，裂開。銀色鋁箔雲在空中閃閃發亮的散開，而躲在雲中的「藍山脊」慢慢的朝左掉頭。

突然，設置在艦橋上方的近距離對空機關槍二十釐米CIWS開始怒吼。機關砲彈朝海面衝去。附近的巡洋艦「移動灣號」的二十釐米CIWS也開始發射。兩艦機關砲彈的彈道交叉。

『飛彈接近，距離三千。』

CIC室告知。

「艦長！三點方向有飛彈。」

偵察員叫道。

「發射鋁箔彈！」

科斯納艦長大叫。

鋁箔雲再度的覆蓋船艦。低空飛翔的飛彈彈體逼近。突然彈體在空中粉碎。二十釐米機關砲彈擊中了彈體。

「命中！擊落飛彈。」

偵察員大叫著。CIWS停止發射。

『周邊並沒有發現敵人反艦飛彈。』

CIC室告知。

「來自空中的攻擊看來也要停止了。」

航海長鬆了一口氣，看著科斯納艦長。

「接著只要閃躲魚雷就好了。再努力一下。」

科斯納艦長擦拭著額頭上的汗水。蜂鳴器響起。

『艦長，因爲浸水而造成的火災已經撲滅了。』

率領滅火班的副艦長向艦長報告。

「很好，做得好。趕緊收容受傷者。」

『遵命。』

副艦長回答。

『魚雷接近。本艦還沒有脫離魚雷路線外，距離一五〇〇。』

CIC室告知。

「左滿舵，全速前進！」「左滿舵，全速前進。」

操舵員複誦，但是又叫道：

「艦長，不能全速前進。」

一波未平，一波又起。科斯納艦長對著機艙大叫著：

「輪機長！速度不能再快一點嗎？」

『試試看到達極限爲止。』

聽到輪機長回答。原本緩慢掉頭的船速逐漸加快。

「速度十二節！」

操舵員說道。

「好，保持這個速度。CIC室，還沒有脫離路線外嗎？」

『還在兩枚魚雷的路線上。不久之後就會脫離其中的一枚魚雷。』

CIC室回答。科斯納艦長看著聲納螢幕。

『魚雷接近，距離六百。』

「速度提高爲十四節。不，十五節！」

操舵員告知。

『艦長，這已經是極限了。』

輪機長的聲音傳來。

「好，做得好，維持這個速度。」

『了解。』

輪機長回答。

『魚雷接近，距離一五〇。方位二七〇。』

「艦長，五點方向發現魚雷的航軌。」

偵察員大叫著。科斯納艦長來到偵察艦橋，用望遠鏡看著五點方向。看到白色的航軌。

『魚雷接近，距離五十。』

「魚雷通過艦尾！」

偵察員大叫著。白色的航軌好像擦過艦尾正後方似的通過了。

「趕緊聯絡『邦迪格里夫特號』，注意魚雷。」

科斯納艦長命令通信兵。在魚雷前進的方向，可以看見飛彈護衛艦「邦迪格里夫特號」的艦影。

『魚雷攻擊似乎結束了。』

CIC室告知。

「敵人的潛艇呢?」

科斯納艦長詢問。

『周邊並沒有發現敵人的潛艇。潛艇隊似乎已經驅除了敵人的潛艇。』

「太好了,終於可以稍微喘一口氣了。」

馬歐爾司令官,以放鬆的表情對科斯納艦長說著。

「趕緊修理中彈的部位,就可以回到母港了。」

柯斯納艦長點了點頭。

馬歐爾司令官站正在稍微傾斜的艦橋上,看著周圍的艦船。

「參謀長,情況如何?」

馬歐爾司令官詢問賀爾巴敦上校。艦隊參謀長賀爾巴敦上校手上拿著來自各艦的情況報告一覽表,唸出了損害情況。

受損的是旗艦「藍山脊號」、航空母艦「尼米茲號」、宙斯頓巡洋艦「銀行山號」、飛彈驅逐艦「約翰・S・麥肯號」、飛彈護衛艦「沙奇號」五艘。

其中「沙奇」被擊沉,「銀行山號」及「約翰・S・麥肯號」的貨艙破個大洞,嚴重受損，但是可以自力航行。航空母艦「尼米茲號」則是船頭附近中了魚雷，嚴重受損，而在甲板中了一枚反艦飛彈。飛機無法出發，不過可以自力航行。

「已經無法在戰鬥海域持續戰鬥，還是撤退到琉球吧！」

「知道了。通信兵，聯絡全艦，立刻脫離戰鬥海域，回到琉球。」

馬歇爾司令官大聲命令通信兵。

12

在眼下湛藍的海洋上，可以看到以環形陣型航行的共同護衛隊群。

「不久之後進入中國艦隊一五〇公里圈內。全機對空警戒。」

赤星隊長命令部下。

西南航空混合團第八三航空隊第三〇二飛行隊的F—4EJ改良型鬼怪戰鬥機二十四架，組成六個編隊飛行。

在機翼下各自搭載了兩枚空對艦飛彈ASM—2。空對艦飛彈ASM—2，是由自動雷達制導式ASM—1改良而來的採用紅外線畫像制導方式的國產飛彈。

『藍色一號呼叫綠色一號。與敵人戰鬥機開始戰鬥。』

透過耳機，接到鷂式戰鬥機隊的根室隊長的聯絡。

從臨時航空母艦「渥美」和「根室」一起飛的AV－8BⅢ鷂式戰鬥機隊，先行朝向中國艦隊進攻而去，正與中國海軍航空母艦派出的戰鬥機戰鬥。

「收到，希望你勝利。」

赤星隊長回答。

『綠色一號，這裡是綠色二號。不久之後進入戰鬥空域，支援藍色一號。』

綠色二號是從琉球基地起飛的F－15J老鷹戰鬥機隊二十四架，以及F－2戰鬥機十二架。隔了三十分鐘之後，綠色三號的F－2戰鬥機隊二十四架以及F－15J老鷹戰鬥機十二架也出發了。

『藍色一號呼叫綠色二號。待會兒請求支援，後方有很多敵機。』

同志機的無線通信傳入耳機。

『距離目標一二〇公里，到達Q點為止為二十公里。』

在後面座席的女性航空員神崎空軍上尉說著。

「綠色一號對講機呼叫全機。準備發射反艦飛彈。」

編隊各機都回答準備好了。ASM－2的射程為一二〇公里，為了能夠一發即中，因此要在一百公里的射程內發射。

『雷達捕捉到目標。』

神崎航空員的聲音傳來。

「好，各機散開分擔目標。」

『收到。』

神崎航空員冷靜的聲音傳來。這時候，耳機中傳來交戰中同志機的怒吼聲和聯絡、命令，以及指示，已經和敵機展開空戰。

「呼叫全機，頻道改爲8。立刻行動！」

赤星空軍少校將頻道改爲8。這時耳機中的噪音消失，陸續接到部下們確認的回答。

『不久之後，到達Q點。5、4、3、2、1，鎖定。』

「全機準備發射反艦飛彈！」

『鎖定！』

神崎航空員叫道。

「發射！」『發射！』

翼下的兩枚ASM－2冒出白煙，飛翔而去。其他的F－4EJ也陸續發射A

SM－2。二十四架總計四十八枚反艦飛彈湧向中國艦隊。

『敵機出現在二點方向，距離十二公里。』

「綠色一號隊長機呼叫全機。準備近距離空戰。」

赤星隊長大叫著。同時手邊的武器已經自動形成了防空飛彈攻擊方式。

原先因爲載著兩枚反艦飛彈，所以無法自由的活動。一旦反艦飛彈發射之後，就可以使用在兩翼端搭載的90式空對空導彈來進行空戰了。

HUD浮現雷達捕捉到敵機的資料。

「呼叫全機。開始攻擊，開始攻擊。」

赤星隊長下達命令，機頭率先朝向敵機編隊前進。

13

『司令，距離中國艦隊一五〇公里，在射程內。』

CIC室告知。

「好。」

一乘寺司令點點頭。等待的時間真是過得非常慢。白洲艦隊參謀長和艦橋上的人全都面露緊張的神情看著一乘寺司令。

「命令艦隊全艦。準備反艦戰鬥！」

通信兵將一乘寺司令的命令傳達到艦隊全艦。

「準備發射反艦飛彈！」

向井艦長命令。

『完成發射準備。』

CIC室回答。

「一號發射！」

向井艦長大叫。艦橋後面和煙囪之間設置的四聯裝SSM發射機響起了噴射音。冒出白色噴煙的飛彈彈體朝著天空飛翔而去。

90式艦對艦導彈SSM－1B射程爲一五〇公里，是不會受到敵人的攻擊、可以從外圍進行攻擊的反艦飛彈。

SSM－1B在接近目標之前，是採用慣性制導飛翔，然後再切換爲自動雷達制導方式，自動瞄準目標。在最後階段時，則利用紅外線畫像方式捕捉目標，在目標面前彈跳，急速下降至能夠給予敵艦最大損害的角度，命中目標。

「二號發射！」

向井艦長大叫著。

二號之後，三號、四號、五號……，八枚飛彈連續發射。

一乘寺司令看著冒著白煙飛向天空的狼煙。

「好，一起掉頭，脫離戰場。」

一乘寺司令下達命令。

發射完反艦導彈之後，若再猶豫不決，恐怕會遭遇敵人的反擊。

「左滿舵，全速前進。」

向井艦長大叫著。操舵員複誦，開始不斷的轉動舵輪。

宙斯頓DDG「金鋼」艦頭朝右轉。共同護衛隊群配合其步調，開始一起掉頭。

14

航空母艦「北京」的飛行甲板上，蘇凱戰鬥機陸續出發。並行的航空母艦「大連」上的亞克布雷夫戰鬥機也垂直起飛，準備迎擊攻過來的敵機。

在上空已經有從大陸本土基地飛來的殲擊7型機開始迎擊。在廣大的天空上，冒出黑煙墜落的機身清晰可見。有好幾條黑煙的狼煙伸向海上。

『司令員，大量的反艦飛彈衝向我艦隊。』

戰鬥情報管制室告知。關司令員看著喬參謀長。

「有幾枚？」

『數目不詳，大約超過一百枚。』

關司令員對於數目眾多感到驚訝。

「方位和距離呢？」

『方位一六五、一七〇。距離一百公里的都是反艦飛彈。』

「準備反艦導彈戰鬥。」

孫艦長大叫著。艦內一片嘩然。戰鬥喇叭響起，要員們趕緊跑向防空武器，就戰鬥位置。

關司令員對喬參謀長說道：

「我艦隊要進行反擊。距離日本艦隊多遠？」

『依然是一五〇公里以上。敵人的艦隊一起掉頭，開始逃亡。』

「甚麼？想要逃走？不朝這兒過來嗎？卑鄙的傢伙。」

關司令員嘲笑他們。喬參謀長說道：

「司令員，他們發射長距離的反艦導彈轉移，而我艦隊擁有的反艦導彈射程爲一百公里，根本無法反擊。」

「甚麼？艦隊決戰怎麼可以像日本艦隊這麼膽小呢？」

關司令員氣得以腳跺地。

「但是，我們也可以轉移呀！否則會成爲反艦導彈的目標。」

喬參謀長說著。

「好，一起掉頭。我艦隊趕緊回到北方。」

孫艦長對關司令員點點頭。

這時緊急蜂鳴器響起。

「中止前進作業。趕緊掉頭。」

飛行甲板上的擴音器傳達命令。原本做前進準備的蘇凱戰鬥機停止出發。

「右舵二十度。全速前進。」

孫艦長大叫著。

航空母艦「北京」的船頭大幅度朝左掉頭。

「回舵。航向三五〇。最大戰速。」

航空母艦「北京」乘風破浪前進。

「再度出發。」

擴音器大叫著。蘇凱戰鬥機飛離了飛行甲板。

15

第二潛水隊群第二潛水隊所屬ＳＳ五九〇潛艇「親潮」，潛航距離中國艦隊不遠處。

「潛望鏡深度。」

操舵員告知。

「升起潛望鏡。」

辰巳艦長命令。

不斷的轉動著升起潛望鏡的旋轉方向盤，眼睛貼著鏡頭。

在波間可以看到航空母艦的艦影。

方位二七〇。距離四千。

周邊有護衛的驅逐艦航行。的確沒錯，這就是敵人艦隊旗艦航空母艦「北京」，而航行在後的則是輕型的航空母艦「大連」。

方位二七五。距離四五〇〇。

護衛的驅逐艦冒起黑煙，進行規避運動。受到來自空中的反艦飛彈的攻擊，忙著閃躲，因此疏忽了反潛警戒。現在正是好機會。

長時間靜靜的在深海中潛航，負責偵察，現在終於有了大展身手的好機會。

「放下潛望鏡。」

辰巳艦長沈靜的命令。

「要大戰一場嗎？」

副長佐佐木海軍上尉詢問。

「當然囉！錯過這個絕佳的機會，就會留下禍根。」

辰巳艦長點頭表示贊同。

「準備發射魚雷！」

聽到複誦聲響起。

「第一、第二魚雷的目標固定在最後方位二七〇，距離四千。」

「方位二七〇，固定。」

魚雷長告知。

「第三、第四魚雷的目標固定在方位二七五，距離四五〇〇。」

「方位二七五，固定。」

魚雷長說道。

「第一發射！」「第一發射！」

副長按下發射按鈕。船頭的魚雷發射管響起了發射音。

「第二發射！」「第二發射！」

副長按下發射按鈕。又響起了發射音。

「第三發射。」「第三發射。」「第四發射。」「第四發射。」

副長複誦，陸續按下發射按鈕。

「艦長，捕捉到驅逐艦的聲納音。」

「急速潛航。降舵三十度，全速前進！深度到三百爲止。」

聽到複誦聲。

告知潛航的蜂鳴器響起。操舵員將操縱桿往前倒。CRT上映出到達海底爲止的潛航路線。

隨著急速傾斜，船身傾斜，開始潛航。

「魚雷到達時間？」

「三十八至四十五秒。」

辰巳艦長想像兩枚90式制導魚雷以六十節的高速衝向獵物的樣子。

利用自動聲納探測目標魚雷，對方根本無法逃離。即使一枚沒有擊中對方，但是另一枚必中對方。

「深度二百。」

操舵員告知。

「捕捉到投下深水炸彈的聲音。」

聲納員告知。

「深度二五〇。」

辰巳艦長抓著扶手，瞪視天空。頭上不斷的響起爆炸聲，衝擊波使得船身激烈搖晃。

「到達時刻！」

魚雷長說道。

「深度三百。」

操舵員告知，拉起操縱桿。船艦恢復水平。

並沒有響起爆炸聲。副長覺得很訝異。

失敗了嗎?魚雷長正想要說話的時候，遠處響起兩個沉重的爆炸聲。

「命中了!」

聲納員告知。

16

『艦長，魚雷急速接近!趕緊規避。』

戰鬥情報管制室的叫聲傳來。

「甚麼?右滿舵，快一點!」

孫艦長拚命大叫，命令操舵員。操舵員慌忙的轉動舵輪。航空母艦「北京」開始急速掉頭。

「艦長，十點方向有導彈。」

偵察員大叫。

「欺瞞彈!」

話還沒有說完，欺瞞彈從艦橋下方射出。鋁箔雲擴散，導彈的黑色彈體衝向鋁箔雲中爆炸。

「太好了！」

艦橋上歡聲雷動。正在高興的時候，戰鬥情報管制室通知大家。

『……。』

從艦底傳來好像震天撼地一般的聲音，航空母艦「北京」的船身大幅度搖晃。接著又聽到咚的爆炸聲，艦橋激烈搖晃。

間不容髮之際，緊急鈴聲響起。

「怎麼回事？」

關司令員對著孫艦長大叫。孫艦長臉色大變。引擎聲音消失。電力微弱。

「戰鬥情報管制室，怎麼回事？」

『敵人的魚雷命中船頭附近和艦尾機艙。貨艙破裂，發生火災。機艙浸水。第一、第二發電機受損，第三發電機可以作動。』

戰鬥情報管制室的管制官慌忙的說道。

「是魚雷！」

喬參謀長驚訝的叫道。孫艦長大叫著。

「滅火班，修理班，立刻趕往艦底。」

艦長立刻下達命令。

「啓動緊急用發電機。」

戰鬥情報管制室傳來哀號聲。

『反艦導彈接近！方位二六〇……。』

關司令員從艦橋往外看。

「導彈接近！二點方向。」

偵察員叫道。

「這裡也有導彈！八點上方。」

另外一個偵察員大叫著。

關司令員慌忙的看著偵察員手指的方向。三十釐米多槍管機關砲持續怒吼。從二點方向飛來導彈的彈體，沐浴在機關砲彈中。

彈體破裂，衝向水面，濺起水花。

三十釐米多槍管機關砲掉過頭來，對八點上方發射。但是，更早一步彈跳的導彈彈身，筆直的衝向航空母艦「北京」的艦橋下。

周邊響起爆裂聲。因爲從下方衝上來的暴風，艦橋整個地面震裂爆炸。操舵員和通話員被彈到空中。

關司令員勉勉強強的抓住扶手，避開暴風。血流滿面的喬參謀長的身體掛在窗框上。關司令員把喬參謀長拉下來，但是他已經死掉了。

地上開了一個大洞，在出現黑煙的同時，也冒起了火焰。

失去一隻手臂的孫艦長全身失血，但還是勉強站著命令部下：

「規避，規避！司令員，趕緊規避。」

關司令員站在遭到破壞的艦橋上。

「我是本艦隊的司令員，我要留在這裡直到最後一刻。」

這時，後方發生大爆炸。關司令員趕緊看著後方。

航空母艦「大連」傾斜，隨時都好像要沉沒似的。飛行甲板的飛機陸續滑落到海面。

倉庫附近冒起熊熊的火焰，黑煙衝天。

護衛的驅逐艦似乎也全都中了反艦導彈，爆炸，冒起了黑煙。

現在驅逐艦「青島」從艦尾開始沉沒。艦上的船員立刻跳入海中。

而在對面的護衛艦「株州」船身裂成兩半，船頭的部分沉沒。

「司令員！」

孫艦長大叫著，直指著背後。關司令員回頭看著背後。彈跳的導彈彈體衝了過來。

看到閃光。關司令員瞬間被光包住，腦海中閃過的是令人懷念的妻兒及家人的影子。這就是關司令員最後的記憶。

接下來的瞬間，關司令員被炸得粉碎。

17

北京總參謀部作戰本部室　9月13日　一七〇〇時

作戰會議室一片寂靜。

陸續接到來自海軍司令部失敗的報告，作戰部長秦平上將茫然無措。隨著時間的經過，損害的程度將會更大。

坐在秦上將旁邊的作戰室長楊世明陸軍上校，很不高興的對著周志中海軍上校等海軍參謀說道：

「海軍到底在做甚麼？上一次第一次的東海海戰和這次第二次的東海海戰全都失敗了。我們陸軍爲了解放台灣而奮戰，可是你們卻在後面成爲絆腳石。」

聚集在會議室的參謀幕僚們，沒有任何一人反駁楊上校的牢騷。秦上將則重新調整情緒看著周海軍上校。

「整理先前的報告，說明情況。」

「是的，立刻整理。」

從通信室過來的通信兵快步的走到周上校的身旁，交給他便條紙。周上校看著便條紙，然後交給旁邊的海軍參謀們傳閱。他抬頭看著秦上將。

「目前已知我方北海艦隊第二航空母艦戰鬥群的損害情況如下。旗艦、航空母艦『北京』、『大連』都被擊沉。」

「先前接到報告說『北京』嚴重受損，不過還可以自力航行呀！」

楊上校詢問。周上校搖搖頭說道：

「先前接到情報，『北京』中了兩枚魚雷和兩枚反艦導彈，嚴重受損沉沒。『大連』也中了兩枚魚雷以及一枚反艦導彈，不能航行，沉沒了。」

「這是怎麼一回事呀？」

楊上校嘆了一口氣。周上校以低沉的聲音繼續說道：

「驅逐艦『青島』、『成都』、『延安』、『鄭州』、『洛陽』、『溫州』，以及護衛艦『保定』、『通化』、『大同』、『株州』十艘被反艦導彈擊沉，驅逐艦『濟南』、『太原』、『信陽』，護衛艦『滄洲』、『泰州』、『英德』六艘嚴重受損，不能夠航行。剩下的兩艘驅逐艦和兩艘護衛艦，共計四艘，其中三艘中度受損，毫髮無傷的則只有驅逐艦『唐山』而已。」

「飛機的損害情況如何？」

「海軍飛機四三〇架出擊，一五三架被擊落。未歸還機、失蹤機共有六四架。」

周上校看著何炎空軍上校。何上校嘆了一口氣說道：

「空軍戰機的損害情形是轟炸機三二〇架、戰鬥機七百架出擊。轟炸機一一九架、戰鬥機二二五架被擊落。失蹤機四八架。這個數字將持續增加。」

「那麼，敵人的損害情況呢？」

楊上校訝異的說道。

周上校看著便條紙說道：

「目前還沒有確認情報，不過美日艦隊當中，航空母艦『小鷹號』嚴重受損，被擊沉，巡洋艦三艘被擊沉或嚴重受損，六艘驅逐艦嚴重受損或擊沉。此外，飛機被擊落了一百架以上。」

「與我方重大的損害相比，對方受到的打擊太小了。和北海艦隊完全瓦解根本不成比例嘛。」

楊上校大聲怒吼著，瞪著秦上將。

「你打算如何向北京的軍事委員會報告這次的大失敗呢？」

秦上將緊咬著嘴唇說道：

「只能夠報告事實呀！但是如果美日政府認爲我們會就此而撤退，那麼他們就失算了。我們還有核子武器和洲際彈道飛彈。使用這些武器的時機終於到來了，請告訴各位同志吧！在此之前，我們絕對不會撤退的。不是獲勝就是一死。」

秦上將以毅然決然的態度宣佈。

（待續）

軍力比較資料

自衛隊

◎以下是中日戰爭時的軍隊編組

⊙防衛廳

長官直轄部隊

第一直升機團（木更津市） 空中機動

第二直升機團（大村市） 空中機動

通信團（東京都新宿區市ケ谷）－中央野外通信群（橫須賀市）

警務隊（芝浦）－方面警務隊－地區警務隊（師團單位）－屯駐地派遣隊

富士教導團（富士學校直轄。戰時會成爲機動運用部隊的小型師團）

團本部中隊（具有指揮通信、反坦克、衛生等機能）

步兵教導團

坦克、偵察、砲兵教導隊

工兵大隊

反坦克直升機教導隊(第六反坦克直升機隊)

裝備開發實驗隊（富士學校直轄）

參謀長聯席會議議長

參謀長聯席會議（市ケ谷）

中央情報本部（市ケ谷）

⊙航空自衛隊

航空參謀長

航空參謀部

航空總隊（府中）

航空總隊司令部（入間）

電子戰支援隊（入間） YS－11E、EC－1 移動到琉球

電子飛行測定隊 YS－11E

偵察飛行隊（百里）

第五〇一飛行隊 RF－4E、RF－4EJ 派遣到台灣支援PKF

防空指揮群（府中）

飛行教育隊（新田原） E－15J

警戒航空隊

第六〇一飛行隊（三澤） E－2C 移動到琉球

第六〇二飛行隊（小松）　E767AWACS
派遣到台灣支援PKF
程式管理隊（入間）
教導高砲群（濱松）
★北部航空方面隊
北部航空方面隊司令部（三澤）
北部航空警戒管制團（三澤）
第二航空團（千歲）
第二〇一飛行隊　F―15J
派遣到台灣支援PKF
第二〇三飛行隊　F―15J
第三航空團（三澤）
第三飛行隊　F―2（F―1退役）
派遣到台灣支援PKF
第八飛行隊　F―4EJ改良型　移動到琉球
第三高砲群（千歲）　千歲、長沼（愛國者飛彈）
第六高砲群（三澤）　八雲、車力（愛國者飛彈）
北部航空工兵隊（三澤）
第一基地防空群（千歲）
★中部航空方面隊
中部航空方面隊司令部（入間）
中部航空警戒管制團（入間）
第六航空團（小松）
第三〇三飛行隊　F―15J　移動到琉球

第三〇六飛行隊　F―4EJ改良型變更爲F―15J
派遣到台灣支援PKF
第七航空團（百里）
第二〇四飛行隊　F―15J　移動到琉球
第三〇五飛行隊　F―15J
第一高砲群（入間）　入間、武山、習志野、霞浦
（愛國者飛彈）
第四高砲群（岐阜）　饗庭野、岐阜、白山
（愛國者飛彈）
中部航空工兵隊（入間）　入間、小松、百里
硫黄島基地隊
各基地防空隊
★西部航空方面隊
西部航空方面隊司令部（春日）
西部航空警戒管制團（春日）
第五航空團（新田原）
第二〇二飛行隊　F―15J
第三〇一飛行隊　F―4EJ改良型
派遣到台灣支援PKF
第八航空團（築城）
第三〇四飛行隊　F―15　派遣到台灣支援PKF
第六飛行隊　F―4EJ改良型（F―1退役）
移動到琉球
第二高砲群（春日）

第五〇一基地防衛隊
西部航空工兵隊（蘆屋）
西部航空司令部支援飛行隊（春日）
★西南航空混合團
西南航空混合團司令部（那霸）
西南航空警戒管制團（那霸）
第八三航空隊
第三〇二飛行隊　F—4EJ改良型
派遣一部分到台灣支援PKF
西南支援飛行班　F—4、B—65
第五高砲群（那霸）　那霸、恩納、知念（愛國者飛彈）
西南航空工兵隊（那霸）
★航空支援集團
航空支援集團司令部（府中）
航空救援團（入間）　千歲、那霸等各基地的救援隊
及其他
航空保安管制群（入間）
航空氣象群（府中）
飛行檢查隊（入間）U—125、T—33A、YS—11
☆運輸航空隊
第一運輸航空隊（小松）
第四〇一飛行隊　C130H
派遣到台灣支援PKF

第二運輸航空隊（入間）
第四〇二飛行隊　C—1、YS—11
派遣到台灣支援PKF
第三運輸航空隊（美保）
第四〇三飛行隊　C—1、YS—11、U—4
派遣到台灣支援PKF
第四一教育飛行隊　T—400
特別運輸航空隊（千歲）
第七〇一飛行隊　B—747
★航空教育集團
航空教育集團司令部（濱松）
第一航空團（濱松）
第三一教育飛行隊　T—4
第三二教育飛行隊　T—4
第四航空團（松島）
第二一飛行隊　T—2
第二二飛行隊　T—2
第十一飛行隊　T—4藍因帕雷
第十一飛行教育團（靜濱）　T—3
第十二飛行教育團（防府北）　T—3
第十三飛行教育團（蘆屋）　T—1／T—4
航空教育隊（防府南、熊谷）
候補軍官學校（奈良）　其他術科學校
★航空開發實驗集團

航空開發實驗集團司令部（入間）
航空醫學實驗隊（立川）
電子開發實驗群（入間）
飛行開發實驗團（岐阜）
★補給總部（市ケ谷）　第一到第四補給處、其他

⊙海上自衛隊

海上參謀長
海上參謀部（橫須賀）
自衛艦隊
自衛艦隊司令部（橫須賀）

★護衛隊群

護衛隊群司令部（橫須賀）
共同護衛隊群（＊號）
☆第一護衛隊群（橫須賀）
　ＤＤＨ１４４「倉間」＊
第四六護衛隊（橫須賀）
　ＤＤ１５３「夕霧」＊
　ＤＤ１５４「雨霧」＊
第四八護衛隊（橫須賀）
　ＤＤＧ１０１「村雨」＊
　ＤＤ１５５「濱霧」＊
　ＤＤ１５７「澤霧」＊

第六一護衛隊（橫須賀）
　宙斯盾艦ＤＤ１７３「金剛」＊（共同護衛隊群旗艦）
　ＤＤＧ１７１「旗風」＊
補給艦
　ＡＯＥ４２２「永久號」
第一二一航空隊　ＳＨ－60Ｊ
☆第二護衛隊群（佐世保）
ＤＤＨ１４３「白根」　在第二波攻擊中後面甲板中彈，中度受損，能自力航行回航。
第四四護衛隊（吳）
ＤＤ１２９「山雪」　在第三波攻擊中中彈受損，不能航行。
ＤＤ１３０「松雪」　在第一波攻擊中被中國海軍艦反艦導彈擊沈。
第四七護衛隊（佐世保）
ＤＤＧ１０２「村雨」＊
ＤＤ１５６「瀨戶霧」　在第二波攻擊中受到反艦導彈攻擊，被擊沉。
ＤＤ１５８「海霧」　在第二波攻擊中後面直升機甲板中彈，輕微破損，航行無礙。
第六二護衛隊（佐世保）
宙斯盾艦ＤＤ１７４「霧島」＊
ＤＤＧ１７２「島風」＊

補給艦
ＡＯＥ４２３「常磐」
第一二二航空隊　ＳＨ—60Ｊ
☆第三護衛隊群（舞鶴）　派遣到台灣支援ＰＫＦ
ＤＤＨ１４１「春名」
第四二護衛隊（舞鶴）
ＤＤ１２８「春雪」
ＤＤ１３１「瀬戸雪」
第四五護衛隊（佐世保）
ＤＤＧ１６８「立風」
ＤＤ１５１「朝霧」
ＤＤ１５２「山霧」
第六三護衛隊（舞鶴）
宙斯盾ＤＤ１７５「妙工」
ＤＤＧ１６９「朝風」
補給艦
ＡＯＥ４２１「逆見」
第一二三航空隊　ＳＨ—60Ｊ
☆第四護衛隊群（吳）
ＤＤＨ１４２「冷井」
第四一護衛隊（大湊）
ＤＤ１２５「澤雪」
ＤＤ１２６「濱雪」
ＤＤ１２７「磯雪」

第四三護衛隊（橫須賀）
ＤＤ１３２「朝雪」
ＤＤ１３３「島雪」
第六四護衛隊（吳）
宙斯盾ＤＤ１７６「潮解」
ＤＤＧ１７０「澤風」
補給艦
ＡＯＥ４２４「濱名」
第一二四航空隊　ＳＨ—60Ｊ

★運輸隊群

運輸隊群司令部
☆第一運輸隊（橫須賀）　派遣到台灣支援ＰＫＦ
ＬＳＴ４１５１「見裏」
ＬＳＴ４１５２「牡鹿」
ＬＳＴ４１５３「札間」
☆第二運輸隊（橫須賀）　派遣到台灣支援ＰＫＦ
ＬＳＴ４００１「大隅」
ＬＳＴ４００２「知茶」
ＬＳＴ４００３「霜北」
☆第三運輸隊（佐世保）　派遣到台灣支援ＰＫＦ
ＬＳＤ４２０１「渥美」（船塢型突襲登陸艦・
臨時航空母艦）＊
ＬＳＤ４２０２「根室」（同）＊

★潛艇隊（橫須賀）

潛艇隊司令部（橫須賀）

☆第一潛水隊群（吳）

ASR402「不死身」　潛艇救援艦

ASU7018「朝雲」　勤務艦（護衛艦DD山雲型3號艦修改FARM）

ATSS8006「夕潮」　教練潛艇

第一潛水隊

SS575「瀬戶潮」

SS576「沖潮」

SS579「秋潮」

第五潛水隊

SS583「春潮」

SS584「夏潮」

SS587「若潮」

第六潛水隊

SS585「早潮」

SS586「荒潮」

SS588「冬潮」

☆第二潛水隊群（橫須賀）

AS405「千代田」　潛艇救援艦

ASU7019「望月」　勤務艦（事實上是將護衛艦DD「高月」型的二號艦「菊月」進行現代化修改FARM艦）

第二潛水隊

SS577「灘潮」

SS578「濱潮」

第3潛水隊

SS589「朝潮」

SS590「親潮」

第4潛水隊

SS580「竹潮」

SS581「雪潮」

SS582「幸潮」

★掃雷隊

掃雷隊司令部

☆第一掃雷隊群（吳）

MST462「朝瀬」

第十四掃雷隊（佐世保）

MSC656「藥島」

MSC657「鳴島」

MSC669「曾孫島」

第十六掃雷隊（吳）　移動到琉球

MSC662「濡島」

MSC663「枝島」

第十九掃雷隊（吳）　移動到琉球

MSC665「姬島」
MSC666「置島」
MSC667「兩島」
第二三掃雷隊（吳）
MSC676「汲島」　移動到琉球
MSC677「撤島」
MSC678「跳島」
☆第二掃雷隊群（橫須賀）
MST463「裏賀」（橫須賀）　移動到琉球
MMC951「草屋」（橫須賀）
第二十掃雷隊（大湊）
MSC670「泡島」
MSC671「朔島」
第二一掃雷隊（橫須賀）　移動到琉球
MSC674「月島」
MSC675「前島」
第二二掃雷隊（橫須賀）
MSO301「八重山」
MSO302「都島」
MSO303「八丈」
第五一掃雷隊（橫須賀）
☆開發指導隊群（橫須賀）
試驗船ASE6101「栗濱」
試驗船ASE6102「明日賀」

★地方隊

☆橫須賀地方隊（從岩手到三重）
橫須賀地方隊司令部
第三三護衛隊
DE223「佳野」
DE224「熊野」
DE225「野白」
第三七護衛隊
DD122「八雪」
DE220「千歲」
DE221「二淀」
第十掃雷隊
MSC653「浮島」
MSC668「百合島」
小笠原分遣隊（父島）　勤務艦85號ASU85
直轄艦
破冰艦AGB5002「白瀨」
LCU2002「運輸艇二號」
☆佐世保地方隊（從山口經過對馬海峽，從東海到台灣海峽附近）
佐世保地方隊司令部
第三九護衛隊
DDA164「高月」

DE231「大淀」
DE232「千代」
DE234「戶根」
第二四護衛隊
DE229「虻熊」
DE230「陣痛」
DE233「千熊」
第十一掃雷隊（下關基地隊）
MSC650「二之島」
MSC651「宮島」
第一三掃雷隊（琉球基地隊）
MSC654「大島」
MSC655「兄島」
直轄艦
LCU2001「運輸艇一號」
佐世保地方隊大村飛行隊所屬對馬防備隊
西克魯斯基HSS－2B千鳥四架
☆舞鶴地方隊（負責連結秋田與島根的日本海地區）
舞鶴地方隊司令部
第二護衛隊
DD119「青雲」
DD120「秋雲」
DD121「夕雲」
第三一護衛隊

DE217「見熊」
DE219「岩瀨」
第十二掃雷隊
MSC652「繪之島」
MSC661「高島」
直轄艦
LSU4172「野戶」
☆大湊地方隊（負責與俄羅斯的北方海峽部分，進行宗谷海峽、津輕海峽的海上監視）
大湊地方隊司令部
第二三護衛隊
DD123「白雪」
DD124「峰雪」
第三五護衛隊
DE226「石雁」
DE227「夕梁」
DE228「夕鱉」
第十七掃雷隊（函館基地隊）
MSC660「母島」
MSC664「神島」
大湊航空隊直升機
第一導彈艇隊（余市防備隊）
稚內基地分遣隊
直轄艦

LST4102「元武」

☆吳地方隊（從瀨戶內海、和歌山到宮崎）

吳地方隊司令部

第二二護衛隊

DD118「村雲」

DD165「菊月」

第三八護衛隊

DE218「都下治」

DE222「手潮」

第一〇一掃雷隊　負責內海淺海面的掃雷工作

第十五掃雷隊（阪神基地隊　小型總參謀部的部隊）

MSC658「父島」

MSC659「鳥島」

第一港灣巡邏隊

巡邏艇二五號PB925

二六號PB926

二七號PB927

吳警備隊　佐伯基地分遣隊：勤務艇84號ASU

84直轄艦

LSU4171「愉樂」

小松航空隊　負責相當於內海東入口的紀伊水道地區的港灣防備工作，反潛直升機部隊

☆練習艦隊（吳市）

★航空集團

航空集團司令部（綾瀨）

第一航空群（鹿屋）　P3C

救援航空隊（UH60）　US—1A改良型

救援飛船

第二航空群（八戶）　P3C

救援航空隊（UH60）　US—1A改良型

救援飛船、UH—60J救援直升機

第四航空群（厚木）　硫黃島基地、南鳥島基地　P3C

救援航空隊（UH60）　US—1A改良型

救援飛船、UH—60J救援直升機

第五航空群（那霸）　P3C

第二一航空群（館山）　反潛飛行隊、護衛艦搭載直升機的原飛行隊

HSS—2、SH—60J、UP3C／D電子戰訓練支援機（各護衛隊群各有一架）、

UH—60J救援直升機

第一二一航空隊

第一二四航空隊

第二二航空群（大村）反潛飛行隊、護衛艦搭載直升機的原飛行隊

HSS—2、SH—60J、UP、3D電子訓練

支援機（各護衛隊群各有一架）
第一一二航空隊
第一一三航空隊
第三一航空群（岩國）　ＵＳＩ、Ｕ36等
第八一航空隊　ＥＰ３（電子戰情報搜集機）
第一一一航空隊　從空中去除魚雷的直升機掃雷部隊　ＭＨ53Ｅ
第五一航空隊（厚木）　負責航空相關研究開發各機種
第六一航空隊（厚木）　運輸、支援艦隊　ＹＳ11、ＬＣ90
第十一航空群（厚木）　ＡＶ－８鷂式－Ⅲ
第二〇一航空隊（厚木）　搭載ＬＳＤ「渥美」
派遣到台灣支援ＰＫＦ
第二〇二航空隊（岩國）　搭載ＬＳＤ「根室」
派遣到台灣支援ＰＫＦ
第二〇三航空隊（鹿屋）
第二〇四航空隊（大村）
航空管制隊（厚木）
航空工兵隊（八戶）

★教育航空集團

教育航空集團司令部（千葉、沼南町）
下總教育航空群（同）
德島教育航空群（德島、松茂町）

小月教育航空群（下關）
第二一一教育航空群（鹿屋）

⊙陸上自衛隊

陸上參謀長
陸上參謀部

★北部方面隊

北部方面隊總參謀部（札幌市）
第二師團　師團司令部（旭川市）
第三步兵團（名寄市）
第二五步兵團（紋別郡遠輕町）
第二六步兵團（留萌市）
第二砲兵團（旭川市）
第二坦克團（上富良野町）
第二後方支援團（旭川市）
此外，還有工兵大隊、飛行隊、偵察隊等
第七師團（裝甲師團）師團司令部（千歲市）
派遣到台灣支援ＰＫＦ（第一軍）
第十一步兵團（千歲市）
第七一坦克團（千歲市）
第七二坦克團（惠庭市）
第七三坦克團（惠庭市）
第七砲兵團（千歲市）

第七高射砲兵團（靜內町）
第七後方支援團（千歲市）
此外，還有偵察隊、反坦克隊、工兵大隊、通信大隊、飛行隊等

第五旅團　旅團司令部（帶廣市）
第四步兵團（帶廣市）
第六步兵團（美幌町）
第二七步兵團（釧路市）
第五砲兵團（帶廣市）
第五後方支援團（帶廣市）
此外，還有工兵大隊、偵察隊、反坦克隊、通信大隊、飛行隊等

第十一旅團　旅團司令部（真駒內）
第十步兵團（瀧川市）
第十八步兵團（札幌市）
第二八步兵團（函館市）
第十一砲兵團（札幌市）
此外，還有工兵大隊、偵察隊、反坦克隊、通信大隊等

第一砲兵團（千歲市）
第一砲兵群（千歲市）裝備ＭＬＲＳ
派遣到台灣支援ＰＫＦ（第一軍）
第四砲兵群（上富良野町）裝備ＭＬＲＳ
派遣到台灣支援ＰＫＦ（第一軍）

第一地對艦飛彈團（千歲市）
第二地對艦飛彈團（美唄市）
第三地對艦飛彈團（上富良野町）
第一高射砲兵團（千歲市）
第一高射砲兵群（千歲市）
派遣到台灣支援ＰＫＦ（第一軍）
第四高射砲兵群（名寄市）
第一坦克群（惠庭市）
第一反坦克直升機隊（帶廣市）
第三工兵團（惠庭市）
第一工兵群（惠庭市）
派遣到台灣支援ＰＫＦ（第一軍）
第十二工兵群（岩見澤市）
第十三工兵群（登別市）
第三教育團（札幌市）
北部方面通信群（札幌市）
北部方面航空隊（札幌市）
其他方面直轄部隊

★東北方面隊
東北方面隊總參謀部（仙台市）
第六師團　師團司令部（東根市）
第二十步兵團（東根市）
第二一步兵團（秋田市）
第二二步兵團（多賀城市）

第四四步兵團（福島市）
第六砲兵團（郡山市）
第六後方支援團（東根市）
此外，還有坦克大隊、工兵大隊、反坦克隊、偵察隊、飛行隊等
（第六師團除了支援青函地區的第九旅團、京濱地區的第一師團之外，也負有機動支援全國任務）
第九旅團　旅團司令部（青森市）
派遣到台灣支援ＰＫＦ（從高雄登陸、第五軍）
第五步兵團（青森市）
第三八步兵團（八戶市）
第三九步兵團（弘前市）
第九砲兵團（岩手縣瀧澤町）
第九後方支援團（青森市）
此外，還有坦克大隊、工兵大隊、反坦克隊等
第二砲兵群（仙台市）
第四地對艦飛彈團（八戶市）
第五高射砲兵群（八戶市）
第二反坦克直升機隊（八戶市）
派遣到台灣支援ＰＫＦ（台中、第四軍）
第二工兵團（宮城縣柴田町）
第十工兵群（柴田町）
第十一工兵群（福島市）
派遣到台灣支援ＰＫＦ（高雄、第五軍）

第一教育團（多賀城市）
東北方面通信群（仙台市）
東北方面航空隊（仙台市）
其他方面直轄部隊

★東部地方隊
東部方面隊總參謀部（練馬區）
第一師團　師團司令部（練馬區）
派遣到台灣支援ＰＫＦ（第一軍）
第一步兵團（練馬區）
第三一步兵團（練馬區）
第三二步兵團（新宿區）
第三四步兵團（御殿場市）
第一砲兵團（御殿場市）
派遣到台灣支援ＰＫＦ（第一軍）
第一後方支援團（練馬區）
派遣到台灣支援ＰＫＦ（第一軍）
此外，還有坦克大隊、工兵大隊、偵察隊、通信大隊、飛行隊等
第十二旅團（相馬原）旅團司令部（群馬縣榛東村）
派遣到台灣支援ＰＫＦ（第四軍）
第二步兵團（上越市）
第十三步兵團（松本市）
第三十步兵團（新發田市）
第十二砲兵團（宇都宮市）

第十二後方支援團（榛東村）

此外，還有坦克大隊、工兵大隊、通信大隊、反坦克隊、偵察隊、飛行隊等

（第十二旅團機動支援全國各地，爲空中機動旅團）

第一空降旅　派遣到台灣支援PKF（第一軍）

第一空降旅本部（船橋）

第一〇一步兵群（步兵中隊四個、重迫中隊一90個）

反坦克隊（重MAT裝備）

砲兵大隊（一二〇釐米迫擊砲RT裝備）

還有工兵隊、降落傘檢修中隊

第四反坦克直升機隊（木更津市）

派遣到台灣支援PKF（第一軍）

第一工兵團（練馬區）

第三工兵群（座間市）

第四工兵群（宇都宮市）

派遣到台灣支援PKF（第一軍）

第五工兵群（上越市）

第一教育團（橫須賀市）

東部方面通信群（練馬區）

東部方面航空隊（立川市）

其他直轄部隊

中部方面隊

中部方面總參謀部（伊丹市）

第三師團　師團司令部（伊丹市）

第七步兵團（福知山市）

第三六步兵團（伊丹市）

第三七步兵團（和泉市）

第三砲兵團（姬路市）

第三後方支援團（伊丹市）

此外，還有坦克大隊、工兵大隊、通信大隊、偵察隊、飛行隊等

第十師團　師團司令部（名古屋市）

第十四步兵團（金澤市）

第三三步兵團（久居市）

第三五步兵團（名古屋市）

第十三砲兵團（岡山縣奈義町）

第十三後方支援團（海田町）

此外，還有坦克大隊、反坦克隊、工兵大隊、通信大隊等

（第十師團除了支援京濱地區的第一師團、阪神地區的第三師團之外，機動支援全國）

第十三旅團　旅團司令部（海田市）

派遣到台灣支援PKF（第一軍）

第八步兵團（米子市）

第十七步兵團（山口市）

第四六步兵團（海田町）

第十三砲兵團（奈義町）

、第十三後方支援團（海田町）
此外，還有坦克大隊、反坦克隊、工兵大隊、偵察隊、通信大隊等
（第十三旅團機動支援全國，爲海上機動旅團）

第二旅團　旅團司令部（前第二混合團・善通寺）
派遣到台灣支援ＰＫＦ（第一軍）
第十五步兵團（善通寺）
此外，還有砲兵大隊、反坦克隊、工兵大隊、偵察隊、通信大隊等
（第二旅團機動支援全國，爲空中機動旅團）

第八高射砲兵群（小野市）
第五反坦克直升機隊（明野）
派遣到台灣支援ＰＫＦ（第一軍）
第四工兵團（宇治市）
第六工兵群（豐川市）
派遣到台灣支援ＰＫＦ（第一軍）
第七工兵群（宇治市）
第八工兵群（善通市）
第二教育團（大津市）
中部方面通信群（伊丹市）
中部方面航空隊（八尾市）
其他　直轄部隊

★西部方面隊
西部方面隊總參謀部（熊本市）

第四師團　師團司令部（春日市）
第十六步兵團（大村市）
第十九步兵團（春日市）
第四十步兵團（北九州市）
第四一步兵團（別府市）
第四砲兵團（久留米市）
第四後方支援團（春日市）
對馬警備團（嚴原市）
此外，還有坦克大隊、反坦克隊、工兵大隊、偵察隊、通信大隊等
（第四師團接受對馬警備任務。對馬警備隊通常是中隊規模，但是在緊急時刻，具有師團本部機能）

第八師團　師團司令部（北熊本）
派遣到台灣支援ＰＫＦ（從花蓮登陸・第三軍）
第十二步兵團（國分市）
第二四步兵團（海老市）
第四二步兵團（熊本市）
第八砲兵團（郡城市）
第八後方支援團（熊本市）
此外，還有坦克大隊、反坦克隊、工兵大隊、偵察隊、通信大隊等
（第八師團機動支援關門、對馬海峽、琉球及全國）

第二空降旅
第二空降旅本部（名護市）
第一〇二步兵群（步兵中隊三個、重迫中隊一個）
反坦克隊（重MAT裝備）
砲兵大隊（一二〇釐米迫擊砲RT裝備）
工兵隊、降落傘檢修中隊及其他

第一旅團（前第一混合團）　旅團司令部（那霸市）
第一混合群（那霸市）
第六高射砲兵群（東風平市）
第二高射砲兵團（飯塚市）
第三高射砲兵群（飯塚市）

派遣到台灣支援PKF（花蓮・第三軍）
第七高射砲兵群（大村市）
第三反坦克直升機隊（目達原）
派遣到台灣支援PKF（花蓮・第三軍）
第五工兵團（小郡市）
第二工兵群（飯塚市）
派遣到台灣支援PKF（花蓮・第三軍）
第九工兵群（小郡市）
第三教育團（佐世保市）
西部方面通信群（熊本市）
西部方面航空隊（益城市）
其他方面直轄部隊

註

＊步兵團，由團本部、本部管理中隊、四個步兵中隊（因為人員不足，有時為三個）、一個重迫擊砲中隊、一個反坦克中隊編成。（但是第二師團則尚有一個反坦克中隊）

＊砲兵大隊，由本部管理中隊、三個射擊中隊、高射砲中隊編成。

＊反坦克直升機隊，由一六架AH－1S眼鏡蛇、四架OH－1或OH－6D，總計二十架編成。

＊戰時，每個步兵團都會編成「團戰鬥團」出動。「團戰鬥團」以一個步兵團為基礎，加上砲兵大隊、坦克中隊、工兵中隊、高射砲兵小隊、通信支援共通小隊、武器直接支援小隊、衛生小隊、救護車分隊等各一個，編成戰鬥部隊。戰鬥員約二千人，是屬於小型但卻能發揮實戰效果的戰鬥單位。

◇美國海軍第七艦隊

橫須賀母港

藍山脊號　LCC—19　第七艦隊旗艦

☆第五航空母艦戰鬥群

小鷹號　CV—63　航空母艦
尼米茲號　CVN—68　核動力航空母艦
銀行山號　CG—52　宙斯盾巡洋艦
移動灣號　CG—53　宙斯盾巡洋艦
長塞拉茲比爾號　CG—62　宙斯盾巡洋艦
卡提斯．威爾巴號　DDG—64　宙斯盾驅逐艦
約翰．S．麥肯號　DDG—56　飛彈驅逐艦
休伊特號　DD—966
卡辛格號　DD—985
洛德尼．M．大衛號　FFG—60　飛彈護衛艦
沙奇號　FFG—43　飛彈護衛艦
邦迪格里夫特號　FFG—48　飛彈護衛艦
◆歐布萊恩號　DD—975
被中國空軍反艦導彈擊沈
◆卡茲號　FFG—38
中彈，嚴重受損，無法航行
◆馬克爾斯基號　FFG—41
中彈，中度受損，能夠自力航行

佐世保母港

★潛艇隊

芝加哥　SSN—721
基威斯特　SSN—722
青樓　SSN—772
傑弗遜城　SSN—759

☆兩棲戰鬥群

波弗特號　ATS—2
貝勞．伍德號　LHA—3
布倫斯威克號　ATS—3
都布克號　LPD—8
福特．馬克亨利號　LSD—43
日耳曼城號　LSD—42
衛士號　MCM—5
愛國者號　MCM—7

◇台灣PKF派遣部隊一覽表

第一軍　第三戰線（中國方面所謂的東部戰線）
在東海海安海岸，利用海軍自衛隊LST、LSD、
美國海軍登陸艦登陸

先遣隊　第八工兵群　六〇〇人
第二旅第十五團戰鬥團（空中機動旅）
總計二一五〇〇人
第五反坦克直升機隊
第二直升機團第一運輸直升機大隊

琉球第一〇一飛行隊（運輸直升機）
第十三旅第八團戰鬥團　總計六〇〇〇人
　第十七團戰鬥團
　第四六團戰鬥團
第七師第十一團戰鬥團　總計七一〇〇人
　第七一坦克團
　第七二坦克團
　第七三坦克團
第一師第一團戰鬥團　總計九〇〇〇人
　第三一團戰鬥團
　第三二團戰鬥團
　第三四團戰鬥團
　第一後方支援團
第一空降旅　步兵群
空軍自衛隊第一航空運輸隊
　第二航空運輸隊
第二軍　第一戰線（中國方面所謂的西部戰線）
在台中港登陸部隊
台灣艦隊、英、法聯合艦隊護衛
法國遠征軍（外國人部隊）二個旅
英軍廓爾喀兵部隊　二個旅
第三軍　第三戰線
在花蓮港登陸　成爲補給後方基地。支援補給第一軍，爲戰術預備軍

陸軍自衛隊第八師
第三反坦克直升機隊
澳洲部隊一個步兵大隊
紐西蘭部隊一個步兵大隊
加拿大部隊一個步兵大隊
第四軍　第二戰線
在台南港登陸　擅長山地戰的部隊
陸軍自衛隊第十二旅
第二戰車直升機隊
德軍山地部隊一個旅
一個反坦克直升機中隊
第五軍　高雄、聯合國PKF司令部
在高雄港登陸　爲戰略預備部隊　總兵力二萬人
日本陸軍自衛隊第九旅
EU緊急展開部隊（英國、法國、德國、比利時、荷蘭、羅馬尼亞、波蘭等的混合部隊）一個機械化旅
ASEAN維持和平軍（菲律賓、馬來西亞、泰國、印尼、新加坡等的混合部隊）
印度軍一個步兵旅
奈及利亞軍一個工兵大隊
埃及軍一個砲兵大隊（防空飛彈）

中國軍

◎以下是進入中國內戰時的戰力估計。

總兵力　正規軍約三二〇萬人

（其中徵兵一七五萬人，預備役募兵八十萬人）

公安．武裝警察部隊約一百萬人

民兵部隊（非正規軍）約四千萬人

※此外，地方上還有未組織的武裝勞動士兵、武裝農民約一億人以上

■戰略飛彈戰力

司令部、北京（黨中央軍事委員會直轄）

戰略火箭部隊（第二砲兵部隊）　七萬人

飛彈基地：六

洲際彈道飛彈（ICBM）　十七座

（估計）

CSS—4（DF—5）　四座

MIRV（多目標彈頭）搭載飛彈　十二座

中距離彈道飛彈（IRBM）　五十座

■陸軍

現役二八〇萬人（包括戰略火箭部隊、徵兵一五〇萬人在內）

五大軍區二十省軍區三警備區（減少二大軍區八省）

統合集團軍十七個（通常各軍是由三個步兵師、一個坦克旅或坦克師、一個砲兵旅、一個高射砲旅所構成）

【戰鬥部隊】

步兵師五三個（包括諸兵科聯合、機械化步兵師二個）

預備步兵師約三十個

新編成步兵師約四十個

裝甲師七個

野戰砲兵師五個

獨立機甲旅一個

獨立野戰砲兵旅四個

獨立高射砲旅三個

獨立工兵團十個

緊急展開部隊大隊六個

航空隊、直升機大隊群四個

空降部隊（要員隸屬空軍）軍團一個：空降師三個

〔主要裝備〕

〈主力坦克〉　約六〇〇〇輛
T—34／85型坦克　二五〇輛
T—59型坦克　四四〇〇輛
T—69型坦克（T—59改良型）　一五〇輛
T—79型、T—80型、T—85ⅡM　八〇〇輛以上

〈輕型坦克〉　約一四〇〇輛
63型水陸兩棲輕型坦克　八〇〇輛
62型輕型坦克　六〇〇輛
步兵戰鬥車　六〇〇輛
裝甲兵運輸車　一八〇〇輛
牽引砲　九五〇〇門
自動砲　一三〇〇輛
多聯裝火箭發射器　三一〇〇座
（包括牽引式、自動式在內）
迫擊砲　四萬門
（包括牽引式、自動式在內）
高射砲　一萬門
地對空飛彈　七〇〇座
（包括自動式在內）
直升機　五十架

※其他、地對地飛彈M—9（CSS—6／DF—11，射程五百公里）、M—11（CSS—7／DF，射程一二〇～一五〇公里）、反坦克制導武器的HJ—8（TOW米蘭型）、HJ—73（沙加型）、無後座力砲、反坦克砲、火箭發射器等。

■海軍

現役二六萬人（包括陸戰隊二萬五千人、海軍航空隊二萬五千人、沿岸地區防衛隊二萬五千人在內）

〔編成三艦隊〕

航空母艦四艘（估計）、水面戰鬥艦艇四五七艘、潛艇一百艘、魚雷戰艦艇一五〇艘、兩棲戰艦艇四二五艘、支援艦艇及其他一八〇艘、作戰飛機。

〔北海艦隊〕

相當於瀋陽、北京、濟南軍區。負責朝鮮國境到連雲港為止的沿岸防衛及渤海和東海的海上防衛監視工作。

基地：青島（司令部）、大連、葫蘆島、威海、長山

部隊：潛艇戰隊二個、航空母艦戰鬥群一個、護衛艦戰隊三個、魚雷戰戰隊一個、兩棲戰戰隊一個、其他、渤海灣練習小艦隊。巡邏艦艇・沿岸戰鬥艦艇三百艘

航空部隊／轟炸、戰鬥、攻擊各一個，總計三個師團。航空母艦航空團有二個航空團有新的配備

第一航空母艦戰鬥群

航空母艦「大連」、輕型航空母艦「旅順」及一護・第十一、第三一護衛隊

航空母艦「大連」

輕型航空母艦「旅順」（被反艦飛彈擊沈）

第一護衛艦戰隊　旗艦「延安」

第十一護衛隊

旅大改良級飛彈驅逐艦「延安」、「齊齊哈爾」（失火而嚴重受損）、「鄭州」、「蘭州」（擊沈）

江威級飛彈・護衛艦「洛陽」、「鞍山」（擊沈）、「溫州」、「長沙」（嚴重受損，自力航行回航）

第三一護衛隊

普通型反潛驅逐艦「徐州」（擊沈）、「無錫」（嚴重受損而沈沒）、「南寧」（擊沈）、「常州」

普通型反潛護衛艦「泉州」（擊沈）、「寧波」（嚴重受損而沈沒）

補給艦「萍鄉」（擊沈）

第二航空母艦戰鬥群（預定）　航空母艦「北京」（改裝中）

輕型航空母艦「長春」（建造中）

第二護衛艦戰隊　旗艦「青島」

第十二護衛隊

旅大改良級飛彈驅逐艦「青島」

江威級飛彈・護衛艦

第三二護衛隊

第三護衛艦戰隊　旗艦「成都」

第十三護衛隊

旅大改良級飛彈驅逐艦「成都」

第四三護衛隊

〔東海艦隊〕

相當於南京軍區。負責連雲港到東山為止的沿岸防衛，以及台灣海峽和東海的海上防衛與監視工作。

基地：上海（司令部）、吳淞、定海、杭州

部隊：潛艇戰隊二個、護衛艦戰隊二個、魚雷戰隊一個、兩棲戰隊一個、巡邏艦艇・沿岸戰鬥艦艇二五〇艘

陸戰隊師團一個。沿岸地區防衛隊部隊

航空部隊：轟炸、戰鬥、攻擊各一個，總計三個師團

第四護衛艦戰隊　旗艦「西安」（擊沈）

第二一護衛隊

「建德」、「萍鄉」、「瑞金」、「益陽」、「常德」（以上擊沈）、「江門」、「南通」、「撫州」（以上嚴重受損而沈沒）、「黃石」

（無傷）

第四二護衛隊（護衛艦）

旗艦「南平」、「梧州」、「佛山」、「金華」（以上擊沈）、「惠州」、「合肥」、「華安」（以上嚴重受損而沈沒）、「金門」、「溯安」、「鎮平」（以上中度或輕微受損）

第五護衛艦戰隊　旗艦「哈爾濱」

第二二護衛隊　在第二次琉球海戰中幾乎完全毀滅

旗艦飛彈DD「哈爾濱」（中度受損）、DD「湘潭」（擊沈）

FF「銅陵」、「四平」（輕微受損）、「淮南」（嚴重受損而沈沒）、「新鄉」（擊沈）

第三三護衛隊

〔南海艦隊〕

相當於廣州軍區。負責東山到越南國境的沿岸防衛，以及南海的海上防衛與監視工作。在南北戰爭爆發時，一部分艦艇倒戈投向華南共和國海軍，於是重新編組南海艦隊。

新基地：上海（臨時司令部）、杭州（臨時）、福州

新部隊：潛艇戰隊二個、護衛艦戰隊一個

巡邏艦艇・沿岸戰鬥艦艇一百艘

航空部隊：轟炸、戰鬥、攻擊各一個，總計三個師團

第六護衛艦戰隊（再編成）　旗艦（新）「南京」

在台灣海峽海戰中幾乎瓦解

第二三護衛隊　旅大級五艘「南京」、「吉安」（擊沈）、「長春」（擊沈）、另外兩艘嚴重受損而無法航行

第四一護衛艦　江衛改良級護衛艦五艘中，一艘被擊沈，兩艘中度受損

海軍航空兵部

海軍每艦隊都有航空兵部，各擁有一個轟炸、戰鬥、攻擊的航空師團。

（3艦隊×3個航空師團＝9個）

航空母艦「大連」　第七一航空隊

殲擊11（J－11）戰鬥機隊（損害極大）

輕型航空母艦「旅順」第一〇一航空隊

亞克布雷夫Yak－38戰鬥機隊（毀壞）

航空母艦「北京」　第七二航空隊

殲擊（J－11）戰鬥機隊

輕型航空母艦「長春」　第一〇二航空隊

亞克布雷夫Yak－38戰鬥機隊

陸戰隊（海軍步兵）　師一個（步兵團三個、坦克團一個、砲兵團八個）

預備役：師團八個（步兵團二四個、坦克團八個、砲兵團八個）、獨立坦克團二個	
沿岸地區防衛隊	
獨立砲兵團及地對艦飛彈團	三五個
【艦艇・裝備】	
〈潛艇〉	一百艘
戰略核潛艇（漢級）	一艘
戰術潛艇　核攻擊型潛艇	五艘
非彈道飛彈普通型	二艘
普通攻擊型	九二艘

※然而，現在一百艘中有五十艘因為過於老舊而無法發揮作用。中國從俄羅斯購買約二二艘的千噸級柴油推進潛艇SSK，其中十艘可能已經運到中國。

〈主要水面戰鬥艦〉	七〇艘
攻擊型航空母艦（輕型航空母艦）	二艘
飛彈驅逐艦	二二艘
飛彈・護衛艦	四四艘
護衛艦	二艘
〈巡邏艦艇、沿岸戰鬥艦艇〉	三八七艘
飛彈艇	二一七艘
魚雷艇	一六〇艘
〈魚雷戰艦艇〉	一二〇艘
〈兩棲戰艦艇〉	四二五艘
坦克登陸艦	二〇艘
中型登陸艦	三五艘
多用途登陸艇（舟艇）	三二〇艘
坦克登陸艇	一〇艘
兵員登陸艇	四〇艘
〈支援艦艇、其他〉	一七〇艘
運輸艦	四〇艘
海上加油艦	三五艘
潛艇支援艦	一〇艘
其他	九五艘
【海軍飛機】	約七二〇架
殲擊5（J－5）	四二架
殲擊6（J－6）	二〇〇架
殲擊7（J－7）	七六架
殲擊8Ⅱ（防空專用、由空軍防空指揮所指派）	六〇架
殲擊11（J－11）Su－27P	二二架
殲擊11Ⅱ（J－11Ⅱ）Su－27SK	二三架
夾擊5Q－5	三〇架
輕型轟炸機H－5	七五架
中型轟炸機H－6（搬運核子武器）	六八架
C－601／801改造為可以運用空對艦飛彈的反艦攻擊機	
國產飛船哈爾濱水轟5型（SH－5）	七架
貝里海夫Be－6郵件反潛飛船	一〇架

垂直起降戰鬥機Ｙａｋ—38　二八架
反潛直升機　五七架

〔海軍步兵裝備〕
主力坦克T—59型坦克、輕型坦克、裝甲運兵車、多聯裝火箭發射器及其他

■空軍

現役　三三萬人（包括戰略部隊、防空要員、徵兵在內）
作戰機　約四八〇〇架
五空軍區（相當於陸軍大軍區）
總司令部：北京
航空師團爲五軍區（北京、濟南、蘭州、南京、成都、二軍區分離獨立）總計三六個
轟炸機師團由七十架至九十架、戰鬥機師團由七十架至一二四架編成。
戰鬥部隊：航空師團　二一個
一個航空師團由三個航空團組成。三個團中，一個通常是攻擊機團。
一個團由三～四個飛行隊（中隊）組成。
一個飛行隊由三個飛行小隊組成。一個飛行小隊由四架戰鬥機部隊、三架運輸機或轟炸機編成。各航空師團配備一個技術勤務部隊、運輸機、練習機。

〔轟炸機師團〕　約七〇〇架
〈轟炸機〉　約四〇〇架
中型轟炸機・轟炸6、轟炸6改良型（H—6／茲波雷夫Ｔｕ—16的複製品）　約六〇架
轟型轟炸機・轟炸5（H—5／伊留申Ｉ1—28獵兔犬）　約三〇〇架
Ｔｕ—4公牛（波音B—29的複製品）　約四〇架
〈對地攻擊戰鬥機〉　約三〇〇架
夾擊5（Q—5／J—6改良型）　約五六架
夾擊5改良型（Q—5Ⅲ）　約二四四架
〈夾擊5（Q—5）系列的內容與分類〉
Q—5的衍生型・輸出型A—5（以ＭｉG—19爲基礎獨自開發出來）
Q—5　搭載核子武器型
Q—5Ｉ　增加武器搭載量、擴大燃料搭載空間、增設空間、提高引擎力量、更新彈出座位等，進行各方面的改良
Q—5ＩA　擁有全方位警戒裝置的裝備、加壓給油系統等的改良型
Q—5Ⅲ　提高引擎力量　輸出型的A—5C就是這型

A—5M　與義大利的亞雷里亞共同開發、刷新電子機器、增加主翼下的硬點。有的機頭前端是黑色電波透過材的雷達天線罩

〈戰鬥轟炸機〉

殲轟7（JH—7／H—7轟炸機的多方位型）　約五五架

【戰鬥機師團】

〈戰鬥機〉　約二七〇〇架

殲擊5（J—5／MiG—17，多為偵察用飛機）　約一二〇〇架

殲擊6（J—6／殲擊6改良型等、MiG—19）　約二二〇〇架

殲擊7（J—7Ⅱ、Ⅲ／Ⅲ相當於MiG—21MF）　約二四〇〇架

殲擊8（J—8／為國產J—7大型雙引擎的機型）　約四八架

殲擊8Ⅱ（J—8Ⅱ／再改良型）　約三〇架

殲擊9（J—9／以IAI拉比為基礎而嘗試開發出來的機型）　八架

殲擊10（J—10／J—9的增產型）　四〇架

殲擊11（J—11／Su—27P夫朗卡）　二九架

殲擊11Ⅱ（J—11Ⅱ／Su—27SK）　四〇架

殲擊12（J—12／MiG—31獵狐）　三八架

FC—1（計畫名）　數架

〈偵察機〉　八七架

偵察型轟偵5型（HZ—5／H—5的衍生型）　約二四架

偵察型殲偵6型（JZ—6／J—6的衍生型）　約五六架

偵察型JZ—7　七架

運輸機　四三〇架

直升機　三〇〇架

〈練習機及其他〉　約八九〇架

殲教2型JJ—2／MiG—15UTI練習機　約一九〇架

其他　約七〇〇架

◎防空師團　九個

高射砲　九〇〇〇門

◎獨立防空團　一六個

地對空飛彈部隊　六〇個

◎準軍隊　人民武裝警察（國防部）　一二〇萬人

大展出版社有限公司
品冠文化出版社

圖書目錄

地址：台北市北投區（石牌）
致遠一路二段12巷1號
電話：(02) 28236031
28236033
郵撥：01669551＜大展＞
傳真：(02) 28272069

・生活廣場・品冠編號 61

1.	366天誕生星	李芳黛譯	280元
2.	366天誕生花與誕生石	李芳黛譯	280元
3.	科學命相	淺野八郎著	220元
4.	已知的他界科學	陳蒼杰譯	220元
5.	開拓未來的他界科學	陳蒼杰譯	220元
6.	世紀末變態心理犯罪檔案	沈永嘉譯	240元
7.	366天開運年鑑	林廷宇編著	230元
8.	色彩學與你	野村順一著	230元
9.	科學手相	淺野八郎著	230元
10.	你也能成為戀愛高手	柯富陽編著	220元
11.	血型與十二星座	許淑瑛編著	230元
12.	動物測驗—人性現形	淺野八郎著	200元
13.	愛情、幸福完全自測	淺野八郎著	200元
14.	輕鬆攻佔女性	趙奕世編著	230元
15.	解讀命運密碼	郭宗德著	200元
16.	由客家了解亞洲	高木桂藏著	220元

・女醫師系列・品冠編號 62

1.	子宮內膜症	國府田清子著	200元
2.	子宮肌瘤	黑島淳子著	200元
3.	上班女性的壓力症候群	池下育子著	200元
4.	漏尿、尿失禁	中田真木著	200元
5.	高齡生產	大鷹美子著	200元
6.	子宮癌	上坊敏子著	200元
7.	避孕	早乙女智子著	200元
8.	不孕症	中村春根著	200元
9.	生理痛與生理不順	堀口雅子著	200元
10.	更年期	野末悅子著	200元

・傳統民俗療法・品冠編號 63

1.	神奇刀療法	潘文雄著	200元

2.	神奇拍打療法	安在峰著	200元
3.	神奇拔罐療法	安在峰著	200元
4.	神奇艾灸療法	安在峰著	200元
5.	神奇貼敷療法	安在峰著	200元
6.	神奇薰洗療法	安在峰著	200元
7.	神奇耳穴療法	安在峰著	200元
8.	神奇指針療法	安在峰著	200元
9.	神奇藥酒療法	安在峰著	200元
10.	神奇藥茶療法	安在峰著	200元
11.	神奇推拿療法	張貴荷著	200元
12.	神奇止痛療法	漆 浩 著	200元

・彩色圖解保健・品冠編號 64

1.	瘦身	主婦之友社	300元
2.	腰痛	主婦之友社	300元
3.	肩膀痠痛	主婦之友社	300元
4.	腰、膝、腳的疼痛	主婦之友社	300元
5.	壓力、精神疲勞	主婦之友社	300元
6.	眼睛疲勞、視力減退	主婦之友社	300元

・心 想 事 成・品冠編號 65

1.	魔法愛情點心	結城莫拉著	120元
2.	可愛手工飾品	結城莫拉著	120元
3.	可愛打扮 & 髮型	結城莫拉著	120元
4.	撲克牌算命	結城莫拉著	120元

・少 年 偵 探・品冠編號 66

1.	怪盜二十面相	（精）	江戶川亂步著	特價 189元
2.	少年偵探團	（精）	江戶川亂步著	特價 189元
3.	妖怪博士	（精）	江戶川亂步著	特價 189元
4.	大金塊	（精）	江戶川亂步著	特價 230元
5.	青銅魔人	（精）	江戶川亂步著	特價 230元
6.	地底魔術王	（精）	江戶川亂步著	特價 230元
7.	透明怪人	（精）	江戶川亂步著	特價 230元
8.	怪人四十面相	（精）	江戶川亂步著	特價 230元
9.	宇宙怪人	（精）	江戶川亂步著	特價 230元
10.	恐怖的鐵塔王國	（精）	江戶川亂步著	特價 230元
11.	灰色巨人	（精）	江戶川亂步著	特價 230元
12.	海底魔術師	（精）	江戶川亂步著	特價 230元
13.	黃金豹	（精）	江戶川亂步著	特價 230元
14.	魔法博士	（精）	江戶川亂步著	特價 230元

15. 馬戲怪人 （精） 江戶川亂步著 特價230元
16. 魔人銅鑼 （精） 江戶川亂步著 特價230元
17. 魔法人偶 （精） 江戶川亂步著 特價230元
18. 奇面城的秘密 （精） 江戶川亂步著 特價230元
19. 夜光人 （精） 江戶川亂步著 特價230元
20. 塔上的魔術師 （精） 江戶川亂步著 特價230元
21. 鐵人Q （精） 江戶川亂步著 特價230元
22. 假面恐怖王 （精） 江戶川亂步著
23. 電人M （精） 江戶川亂步著
24. 二十面相的詛咒 （精） 江戶川亂步著
25. 飛天二十面相 （精） 江戶川亂步著
26. 黃金怪獸 （精） 江戶川亂步著

・熱 門 新 知・品冠編號67

1. 圖解基因與DNA （精） 中原英臣 主編 230元
2. 圖解人體的神奇 （精） 米山公啟 主編 230元
3. 圖解腦與心的構造 （精） 永田和哉 主編 230元
4. 圖解科學的神奇 （精） 鳥海光弘 主編 230元
5. 圖解數學的神奇 （精） 柳 谷 晃 著

法律專欄連載・大展編號58

台大法學院 法律學系／策劃
法律服務社／編著

1. 別讓您的權利睡著了(1) 200元
2. 別讓您的權利睡著了(2) 200元

・武 術 特 輯・大展編號10

1. 陳式太極拳入門 馮志強編著 180元
2. 武式太極拳 郝少如編著 200元
3. 練功十八法入門 蕭京凌編著 120元
4. 教門長拳 蕭京凌編著 150元
5. 跆拳道 蕭京凌編譯 180元
6. 正傳合氣道 程曉鈴譯 200元
7. 圖解雙節棍 陳銘遠著 150元
8. 格鬥空手道 鄭旭旭編著 200元
9. 實用跆拳道 陳國榮編著 200元
10. 武術初學指南 李文英、解守德編著 250元
11. 泰國拳 陳國榮著 180元
12. 中國式摔跤 黃 斌編著 180元
13. 太極劍入門 李德印編著 180元
14. 太極拳運動 運動司編 250元

15.	太極拳譜	清・王宗岳等著	280 元
16.	散手初學	冷　峰編著	200 元
17.	南拳	朱瑞琪編著	180 元
18.	吳式太極劍	王培生著	200 元
19.	太極拳健身與技擊	王培生著	250 元
20.	秘傳武當八卦掌	狄兆龍著	250 元
21.	太極拳論譚	沈　壽著	250 元
22.	陳式太極拳技擊法	馬　虹著	250 元
23.	二十四式、三十二式太極拳、劍	闞桂香著	180 元
24.	楊式秘傳 129 式太極長拳	張楚全著	280 元
25.	楊式太極拳架詳解	林炳堯著	280 元
26.	華佗五禽劍	劉時榮著	180 元
27.	太極拳基礎講座：基本功與簡化 24 式	李德印著	250 元
28.	武式太極拳精華	薛乃印著	200 元
29.	陳式太極拳拳理闡微	馬　虹著	350 元
30.	陳式太極拳體用全書	馬　虹著	400 元
31.	張三豐太極拳	陳占奎著	200 元
32.	中國太極推手	張　山主編	300 元
33.	48 式太極拳入門	門惠豐編著	220 元
34.	太極拳奇人奇功	嚴翰秀編著	250 元
35.	心意門秘籍	李新民編著	220 元
36.	三才門乾坤戊己功	王培生編著	220 元
37.	武式太極劍精華 +VCD	薛乃印編著	350 元
38.	楊式太極拳	傅鐘文演述	200 元
39.	陳式太極拳、劍 36 式	闞桂香編著	250 元
40.	正宗武式太極拳	薛乃印著	220 元
41.	杜元化＜太極拳正宗＞考析	王海洲等著	300 元
42.	＜珍貴版＞陳式太極拳	沈家楨著	280 元
43.	24 式太極拳＋VCD	中國國家體育總局著	350 元
44.	太極推手絕技	安在峰編著	250 元
45.	孫祿堂武學錄	孫祿堂著	300 元
46.	＜珍貴本＞陳式太極拳精選	馮志強著	280 元
47.	武當趙保太極拳小架	鄭悟清傳授	250 元
48.	太極拳習練知識問答	邱丕相主編	220 元

・原地太極拳系列・大展編號 11

1.	原地綜合太極拳 24 式	胡啟賢創編	220 元
2.	原地活步太極拳 42 式	胡啟賢創編	200 元
3.	原地簡化太極拳 24 式	胡啟賢創編	200 元
4.	原地太極拳 12 式	胡啟賢創編	200 元
5.	原地青少年太極拳 22 式	胡啟賢創編	200 元

・名師出高徒・大展編號 111

1.	武術基本功與基本動作	劉玉萍編著	200 元
2.	長拳入門與精進	吳彬　等著	220 元
3.	劍術刀術入門與精進	楊柏龍等著	220 元
4.	棍術、槍術入門與精進	邱丕相編著	220 元
5.	南拳入門與精進	朱瑞琪編著	220 元
6.	散手入門與精進	張　山等著	220 元
7.	太極拳入門與精進	李德印編著	280 元
8.	太極推手入門與精進	田金龍編著	220 元

・實用武術技擊・大展編號 112

1.	實用自衛拳法	溫佐惠　著	250 元
2.	搏擊術精選	陳清山等著	220 元
3.	秘傳防身絕技	程崑彬　著	230 元
4.	振藩截拳道入門	陳琦平　著	220 元
5.	實用擒拿法	韓建中　著	220 元
6.	擒拿反擒拿 88 法	韓建中　著	250 元

・中國武術規定套路・大展編號 113

1.	螳螂拳	中國武術系列	300 元
2.	劈掛拳	規定套路編寫組	300 元
3.	八極拳		

・中華傳統武術・大展編號 114

1.	中華古今兵械圖考	裴錫榮 主編	280 元
2.	武當劍	陳湘陵 編著	200 元
3.	梁派八卦掌（老八掌）	李子鳴 遺著	220 元
4.	少林 72 藝與武當 36 功	裴錫榮 主編	230 元
5.	三十六把擒拿	佐藤金兵衛 主編	200 元
6.	武當太極拳與盤手 20 法	裴錫榮 主編	元

・少林功夫・大展編號 115

1.	少林打擂秘訣	德虔、素法 編著	300 元
2.	少林三大名拳 炮拳、大洪拳、六合拳	門惠豐 等著	200 元
3.	少林三絕 氣功、點穴、擒拿	德虔 編著	300 元

・道學文化・大展編號 12

1.	道在養生：道教長壽術	郝勤 等著	250 元

2.	龍虎丹道：道教內丹術	郝勤 著	300 元
3.	天上人間：道教神仙譜系	黃德海著	250 元
4.	步罡踏斗：道教祭禮儀典	張澤洪著	250 元
5.	道醫窺秘：道教醫學康復術	王慶餘等著	250 元
6.	勸善成仙：道教生命倫理	李 剛著	250 元
7.	洞天福地：道教宮觀勝境	沙銘壽著	250 元
8.	青詞碧簫：道教文學藝術	楊光文等著	250 元
9.	沈博絕麗：道教格言精粹	朱耕發等著	250 元

・易 學 智 慧・大展編號 122

1.	易學與管理	余敦康主編	250 元
2.	易學與養生	劉長林等著	300 元
3.	易學與美學	劉綱紀等著	300 元
4.	易學與科技	董光壁著	280 元
5.	易學與建築	韓增祿著	280 元
6.	易學源流	鄭萬耕著	280 元
7.	易學的思維	傅雲龍等著	250 元
8.	周易與易圖	李 申著	250 元
9.	易學與佛教	王仲堯著	元

・神 算 大 師・大展編號 123

1.	劉伯溫神算兵法	應 涵編著	280 元
2.	姜太公神算兵法	應 涵編著	280 元
3.	鬼谷子神算兵法	應 涵編著	280 元
4.	諸葛亮神算兵法	應 涵編著	280 元

・命 理 與 預 言・大展編號 06

1.	12 星座算命術	訪星珠著	200 元
2.	中國式面相學入門	蕭京凌編著	180 元
3.	圖解命運學	陸明編著	200 元
4.	中國秘傳面相術	陳炳崑編著	180 元
5.	13 星座占星術	馬克・矢崎著	200 元
6.	命名彙典	水雲居士編著	180 元
7.	簡明紫微斗術命運學	唐龍編著	220 元
8.	住宅風水吉凶判斷法	琪輝編譯	180 元
9.	鬼谷算命秘術	鬼谷子著	200 元
10.	密教開運咒法	中岡俊哉著	250 元
11.	女性星魂術	岩滿羅門著	200 元
12.	簡明四柱推命學	呂昌釧編著	230 元
13.	手相鑑定奧秘	高山東明著	200 元
14.	簡易精確手相	高山東明著	200 元

15. 13 星座戀愛占卜	彤雲編譯組	200 元
16. 女巫的咒法	柯素娥譯	230 元
17. 六星命運占卜學	馬文莉編著	230 元
18. 簡明易占學	黃曉崧編著	230 元
19. Ａ血型與十二生肖	鄒雲英編譯	90 元
20. Ｂ血型與十二生肖	鄒雲英編譯	90 元
21. Ｏ血型與十二生肖	鄒雲英編譯	100 元
22. ＡＢ血型與十二生肖	鄒雲英編譯	90 元
23. 筆跡占卜學	周子敬著	220 元
24. 神秘消失的人類	林達中譯	80 元
25. 世界之謎與怪談	陳炳崑譯	80 元
26. 符咒術入門	柳玉山人編	150 元
27. 神奇的白符咒	柳玉山人編	160 元
28. 神奇的紫符咒	柳玉山人編	200 元
29. 秘咒魔法開運術	吳慧鈴編譯	180 元
30. 諾米空秘咒法	馬克・矢崎編著	220 元
31. 改變命運的手相術	鐘文訓著	120 元
32. 黃帝手相占術	鮑黎明著	230 元
33. 惡魔的咒法	杜美芳譯	230 元
34. 腳相開運術	王瑞禎譯	130 元
35. 面相開運術	許麗玲譯	150 元
36. 房屋風水與運勢	邱震睿編譯	200 元
37. 商店風水與運勢	邱震睿編譯	200 元
38. 諸葛流天文遁甲	巫立華譯	150 元
39. 聖帝五龍占術	廖玉山譯	180 元
40. 萬能神算	張助馨編著	120 元
41. 神秘的前世占卜	劉名揚譯	150 元
42. 諸葛流奇門遁甲	巫立華譯	150 元
43. 諸葛流四柱推命	巫立華譯	180 元
44. 室內擺設創好運	小林祥晃著	200 元
45. 室內裝潢開運法	小林祥晃著	230 元
46. 新・大開運吉方位	小林祥晃著	200 元
47. 風水的奧義	小林祥晃著	200 元
48. 開運風水收藏術	小林祥晃著	200 元
49. 商場開運風水術	小林祥晃著	200 元
50. 骰子開運易占	立野清隆著	250 元
51. 四柱推命愛情運	李芳黛譯	220 元
52. 風水開運飲食法	小林祥晃著	200 元
53. 最新簡易手相	小林八重子著	220 元
54. 最新占術大全	高平鳴海著	300 元
55. 庭園開運風水	小林祥晃著	220 元
56. 人際關係風水術	小林祥晃著	220 元
57. 愛情速配指數解析	彤雲編著	200 元
58. 十二星座論愛情	童筱允編著	200 元

59. 實用八字命學講義	姜威國著	280 元
60. 斗數高手實戰過招	姜威國著	280 元
61. 星宿占星術	楊鴻儒譯	220 元
62. 現代鬼谷算命學	維湘居士編著	280 元
63. 生意興隆的風水	小林祥晃著	220 元
64. 易學：時間之門	辛　子著	220 元
65. 完全幸福風水術	小林祥晃著	220 元
66. 婚課擇用寶鑑	姜威國著	280 元
67. 2小時學會易經	姜威國著	250 元
68. 綜合易卦姓名學	林虹余著	200 元

・秘傳占卜系列・大展編號 14

1. 手相術	淺野八郎著	180 元
2. 人相術	淺野八郎著	180 元
3. 西洋占星術	淺野八郎著	180 元
4. 中國神奇占卜	淺野八郎著	150 元
5. 夢判斷	淺野八郎著	150 元
6. 前世、來世占卜	淺野八郎著	150 元
7. 法國式血型學	淺野八郎著	150 元
8. 靈感、符咒學	淺野八郎著	150 元
9. 紙牌占卜術	淺野八郎著	150 元
10. ESP 超能力占卜	淺野八郎著	150 元
11. 猶太數的秘術	淺野八郎著	150 元
12. 新心理測驗	淺野八郎著	160 元
13. 塔羅牌預言秘法	淺野八郎著	200 元

・趣味心理講座・大展編號 15

1. 性格測驗（1） 探索男與女	淺野八郎著	140 元
2. 性格測驗（2） 透視人心奧秘	淺野八郎著	140 元
3. 性格測驗（3） 發現陌生的自己	淺野八郎著	140 元
4. 性格測驗（4） 發現你的真面目	淺野八郎著	140 元
5. 性格測驗（5） 讓你們吃驚	淺野八郎著	140 元
6. 性格測驗（6） 洞穿心理盲點	淺野八郎著	140 元
7. 性格測驗（7） 探索對方心理	淺野八郎著	140 元
8. 性格測驗（8） 由吃認識自己	淺野八郎著	160 元
9. 性格測驗（9） 戀愛知多少	淺野八郎著	160 元
10. 性格測驗（10）由裝扮瞭解人心	淺野八郎著	160 元
11. 性格測驗（11）敲開內心玄機	淺野八郎著	140 元
12. 性格測驗（12）透視你的未來	淺野八郎著	160 元
13. 血型與你的一生	淺野八郎著	160 元
14. 趣味推理遊戲	淺野八郎著	160 元
15. 行為語言解析	淺野八郎著	160 元

・婦幼天地・大展編號 16

1.	八萬人減肥成果	黃靜香譯	180 元
2.	三分鐘減肥體操	楊鴻儒譯	150 元
3.	窈窕淑女美髮秘訣	柯素娥譯	130 元
4.	使妳更迷人	成　玉譯	130 元
5.	女性的更年期	官舒妍編譯	160 元
6.	胎內育兒法	李玉瓊編譯	150 元
7.	早產兒袋鼠式護理	唐岱蘭譯	200 元
8.	初次懷孕與生產	婦幼天地編譯組	180 元
9.	初次育兒 12 個月	婦幼天地編譯組	180 元
10.	斷乳食與幼兒食	婦幼天地編譯組	180 元
11.	培養幼兒能力與性向	婦幼天地編譯組	180 元
12.	培養幼兒創造力的玩具與遊戲	婦幼天地編譯組	180 元
13.	幼兒的症狀與疾病	婦幼天地編譯組	180 元
14.	腿部苗條健美法	婦幼天地編譯組	180 元
15.	女性腰痛別忽視	婦幼天地編譯組	150 元
16.	舒展身心體操術	李玉瓊編譯	130 元
17.	三分鐘臉部體操	趙薇妮著	160 元
18.	生動的笑容表情術	趙薇妮著	160 元
19.	心曠神怡減肥法	川津祐介著	130 元
20.	內衣使妳更美麗	陳玄茹譯	130 元
21.	瑜伽美姿美容	黃靜香編著	180 元
22.	高雅女性裝扮學	陳珮玲譯	180 元
23.	蠶糞肌膚美顏法	梨秀子著	160 元
24.	認識妳的身體	李玉瓊譯	160 元
25.	產後恢復苗條體態	居理安・芙萊喬著	200 元
26.	正確護髮美容法	山崎伊久江著	180 元
27.	安琪拉美姿養生學	安琪拉蘭斯博瑞著	180 元
28.	女體性醫學剖析	增田豐著	220 元
29.	懷孕與生產剖析	岡部綾子著	180 元
30.	斷奶後的健康育兒	東城百合子著	220 元
31.	引出孩子幹勁的責罵藝術	多湖輝著	170 元
32.	培養孩子獨立的藝術	多湖輝著	170 元
33.	子宮肌瘤與卵巢囊腫	陳秀琳編著	180 元
34.	下半身減肥法	納他夏・史達賓著	180 元
35.	女性自然美容法	吳雅菁編著	180 元
36.	再也不發胖	池園悅太郎著	170 元
37.	生男生女控制術	中垣勝裕著	220 元
38.	使妳的肌膚更亮麗	楊　皓編著	170 元
39.	臉部輪廓變美	芝崎義夫著	180 元
40.	斑點、皺紋自己治療	高須克彌著	180 元
41.	面皰自己治療	伊藤雄康著	180 元

42. 隨心所欲瘦身冥想法	原久子著	180 元
43. 胎兒革命	鈴木丈織著	180 元
44. NS 磁氣平衡法塑造窈窕奇蹟	古屋和江著	180 元
45. 享瘦從腳開始	山田陽子著	180 元
46. 小改變瘦 4 公斤	宮本裕子著	180 元
47. 軟管減肥瘦身	高橋輝男著	180 元
48. 海藻精神秘美容法	劉名揚編著	180 元
49. 肌膚保養與脫毛	鈴木真理著	180 元
50. 10 天減肥 3 公斤	彤雲編輯組	180 元
51. 穿出自己的品味	西村玲子著	280 元
52. 小孩髮型設計	李芳黛譯	250 元

・青　春　天　地・大展編號 17

1. A 血型與星座	柯素娥編譯	160 元
2. B 血型與星座	柯素娥編譯	160 元
3. 0 血型與星座	柯素娥編譯	160 元
4. AB 血型與星座	柯素娥編譯	120 元
5. 青春期性教室	呂貴嵐編譯	130 元
7. 難解數學破題	宋釗宜編譯	130 元
9. 小論文寫作秘訣	林顯茂編譯	120 元
11. 中學生野外遊戲	熊谷康編著	120 元
12. 恐怖極短篇	柯素娥編譯	130 元
13. 恐怖夜話	小毛驢編譯	130 元
14. 恐怖幽默短篇	小毛驢編譯	120 元
15. 黑色幽默短篇	小毛驢編譯	120 元
16. 靈異怪談	小毛驢編譯	130 元
17. 錯覺遊戲	小毛驢編著	130 元
18. 整人遊戲	小毛驢編著	150 元
19. 有趣的超常識	柯素娥編譯	130 元
20. 哦！原來如此	林慶旺編譯	130 元
21. 趣味競賽 100 種	劉名揚編譯	120 元
22. 數學謎題入門	宋釗宜編譯	150 元
23. 數學謎題解析	宋釗宜編譯	150 元
24. 透視男女心理	林慶旺編譯	120 元
25. 少女情懷的自白	李桂蘭編譯	120 元
26. 由兄弟姊妹看命運	李玉瓊編譯	130 元
27. 趣味的科學魔術	林慶旺編譯	150 元
28. 趣味的心理實驗室	李燕玲編譯	150 元
29. 愛與性心理測驗	小毛驢編譯	130 元
30. 刑案推理解謎	小毛驢編譯	180 元
31. 偵探常識推理	小毛驢編譯	180 元
32. 偵探常識解謎	小毛驢編譯	130 元
33. 偵探推理遊戲	小毛驢編譯	180 元

34. 趣味的超魔術	廖玉山編著	150 元
35. 趣味的珍奇發明	柯素娥編著	150 元
36. 登山用具與技巧	陳瑞菊編著	150 元
37. 性的漫談	蘇燕謀編著	180 元
38. 無的漫談	蘇燕謀編著	180 元
39. 黑色漫談	蘇燕謀編著	180 元
40. 白色漫談	蘇燕謀編著	180 元

・健 康 天 地・大展編號 18

1. 壓力的預防與治療	柯素娥編譯	130 元
2. 超科學氣的魔力	柯素娥編譯	130 元
3. 尿療法治病的神奇	中尾良一著	130 元
4. 鐵證如山的尿療法奇蹟	廖玉山譯	120 元
5. 一日斷食健康法	葉慈容編譯	150 元
6. 胃部強健法	陳炳崑譯	120 元
7. 癌症早期檢查法	廖松濤譯	160 元
8. 老人痴呆症防止法	柯素娥編譯	170 元
9. 松葉汁健康飲料	陳麗芬編譯	150 元
10. 揉肚臍健康法	永井秋夫著	150 元
11. 過勞死、猝死的預防	卓秀貞編譯	130 元
12. 高血壓治療與飲食	藤山順豐著	180 元
13. 老人看護指南	柯素娥編譯	150 元
14. 美容外科淺談	楊啟宏著	150 元
15. 美容外科新境界	楊啟宏著	150 元
16. 鹽是天然的醫生	西英司郎著	140 元
17. 年輕十歲不是夢	梁瑞麟譯	200 元
18. 茶料理治百病	桑野和民著	180 元
20. 杜仲茶養顏減肥法	西田博著	170 元
21. 蜂膠驚人療效	瀨長良三郎著	180 元
22. 蜂膠治百病	瀨長良三郎著	180 元
23. 醫藥與生活	鄭炳全著	180 元
24. 鈣長生寶典	落合敏著	180 元
25. 大蒜長生寶典	木下繁太郎著	160 元
26. 居家自我健康檢查	石川恭三著	160 元
27. 永恆的健康人生	李秀鈴譯	200 元
28. 大豆卵磷脂長生寶典	劉雪卿譯	150 元
29. 芳香療法	梁艾琳譯	160 元
30. 醋長生寶典	柯素娥譯	180 元
31. 從星座透視健康	席拉・吉蒂斯著	180 元
32. 愉悅自在保健學	野本二士夫著	160 元
33. 裸睡健康法	丸山淳士等著	160 元
34. 糖尿病預防與治療	藤山順豐著	180 元
35. 維他命長生寶典	菅原明子著	180 元

36. 維他命C新效果	鐘文訓編	150元
37. 手、腳病理按摩	堤芳朗著	160元
38. AIDS瞭解與預防	彼得塔歇爾著	180元
39. 甲殼質殼聚糖健康法	沈永嘉譯	160元
40. 神經痛預防與治療	木下真男著	160元
41. 室內身體鍛鍊法	陳炳崑編著	160元
42. 吃出健康藥膳	劉大器編著	180元
43. 自我指壓術	蘇燕謀編著	160元
44. 紅蘿蔔汁斷食療法	李玉瓊編著	150元
45. 洗心術健康秘法	竺翠萍編譯	170元
46. 枇杷葉健康療法	柯素娥編譯	180元
47. 抗衰血癒	楊啟宏著	180元
48. 與癌搏鬥記	逸見政孝著	180元
49. 冬蟲夏草長生寶典	高橋義博著	170元
50. 痔瘡・大腸疾病先端療法	宮島伸宜著	180元
51. 膠布治癒頑固慢性病	加瀨建造著	180元
52. 芝麻神奇健康法	小林貞作著	170元
53. 香煙能防止癡呆？	高田明和著	180元
54. 穀菜食治癌療法	佐藤成志著	180元
55. 貼藥健康法	松原英多著	180元
56. 克服癌症調和道呼吸法	帶津良一著	180元
57. B型肝炎預防與治療	野村喜重郎著	180元
58. 青春永駐養生導引術	早島正雄著	180元
59. 改變呼吸法創造健康	原久子著	180元
60. 荷爾蒙平衡養生秘訣	出村博著	180元
61. 水美肌健康法	井戶勝富著	170元
62. 認識食物掌握健康	廖梅珠編著	170元
63. 痛風劇痛消除法	鈴木吉彥著	180元
64. 酸莖菌驚人療效	上田明彥著	180元
65. 大豆卵磷脂治現代病	神津健一著	200元
66. 時辰療法—危險時刻凌晨4時	呂建強等著	180元
67. 自然治癒力提升法	帶津良一著	180元
68. 巧妙的氣保健法	藤平墨子著	180元
69. 治癒C型肝炎	熊田博光著	180元
70. 肝臟病預防與治療	劉名揚編著	180元
71. 腰痛平衡療法	荒井政信著	180元
72. 根治多汗症、狐臭	稻葉益巳著	220元
73. 40歲以後的骨質疏鬆症	沈永嘉譯	180元
74. 認識中藥	松下一成著	180元
75. 認識氣的科學	佐佐木茂美著	180元
76. 我戰勝了癌症	安田伸著	180元
77. 斑點是身心的危險信號	中野進著	180元
78. 艾波拉病毒大震撼	玉川重德著	180元
79. 重新還我黑髮	桑名隆一郎著	180元

國家圖書館出版品預行編目資料

東海海戰〈II〉 新・中國－日本戰爭⑾／森詠著；林庭語譯
－初版－臺北市，大展，民 92
面；21 公分－（精選系列；27）
譯自：新・日本中國戰爭⑾東シナ海海戰 2
ISBN 957-468-158-0（第 1 冊：平裝）
ISBN 957-468-216-1（第 2 冊：平裝）
861.57 91011554

SHIN NIHON CHUGOKU SENSO Vol. 12-HIGASHISHINAKAI KAISEN2
by Ei Mori

First published in Japan in 2001 by Gakken Co., Ltd.
Chinese translation rights arranged with Gakken Co., Ltd.
through Japan Foreign-Rights Centre/Keio Cultural Enterprise Co., Ltd.

版權仲介／京王文化事業有限公司

東海海戰〈II〉 新・中國－日本戰爭⑾ ISBN 957-468-216-1

著　　者／森　　詠
譯　　者／林　庭　語
發 行 人／蔡　森　明
出 版 者／大展出版社有限公司
社　　址／台北市北投區（石牌）致遠一路 2 段 12 巷 1 號
電　　話／(02) 28236031・28236033・28233123
傳　　真／(02) 28272069
郵政劃撥／01669551
E-mial／dah_jaan@pchome. com. tw
登 記 證／局版臺業字第 2171 號
承 印 者／國順文具印刷行
裝　　訂／協億印製廠股份有限公司
排 版 者／千兵企業有限公司
初版 1 刷／2003 年（民 92 年） 6 月

定　價／220 元